담담한
하지만
뾰족한

담담한
하지만
뾰족한

자신을 이해하고
타인을 사랑하는 이들과의
그림 같은 대화

글 박재규 · 그림 수명

지콜론북

1부

맹목적
긍정

3부

역경이라는
기회

4부

본질의
빛을 따라

Prologue

카피라이터로서 그리고 크리에이티브 디렉터로서 20년 정도 광고 만드는 일을 해왔습니다. 많은 일이 다 그렇겠지만 광고 또한 사람으로 시작해서 사람으로 끝나는 일이기에 그간의 시간을 되돌아보면 참 다양한 사람들과 대화하고, 설득하고 또 다투며 광고물들을 하나하나 만들어 왔던 것 같습니다. 만약 누군가가 제게 "광고 일을 하며 가장 기억에 남는 것은 무엇입니까?" 하고 묻는다면 저는 "사람 그리고 그 사람들과의 대화입니다."라고 말하고 싶습니다.

이 책은 치열하게 삶과 직면하고 또 좌절하며 그렇게 그 속에서 답을 찾아가는 사람들이 전해주는 담담하지만 뾰족한 이야기들을 여러분과 함께 나누고 싶어 시작되었습니다. 주변에서 쉬이 만날 수 있는 분도 있었고 생에 좀처럼 만나기 힘든 분도 있었습니다. 그때그때 시간과 장소에 따라 다양한 이야기를 나눴지만 지금 와 생각하니 그들에게는 한 가지 공통점이 있었던 것 같습니다. 그들은 절대 미래에 대한 걱정과 기우로 현재를 오염시키지 않는다는 것이었습니다. 그들은 한결같이 현재의 귀함을 잘 알고 있었고 현재에 감사하는 마음이 넘쳐 흘렀습니다. 과거의 경험들과 깨달음들은 결국 현재를 위해 존재하는 것이니 절대 현재를 가벼이 여겨서는 안 된다고 제게 알려 주었습니다.

자신을 이해하고 타인을 사랑하며 살아가는 이들과의 대화.
이것이 이 책을 통해 제가 여러분께 전하고 싶은 이야기가 아닐까 합니다. 그 인식을 위해 이 책이 작은 안내가 될 수 있기를 진심으로 바라며 제가 그러했듯 여러분께서도 이들과의 대화에서 삶에 대한 통찰과 새로운 관점 그리고 희망의 출구들을 찾으시길 기원합니다.

2017년 서울, 박재규

이제부터 만나게 되실 164가지의 대화 중간중간에 있는
'……'은 제가 만났던 사람들에게 던진 질문들입니다.
이렇게 말 줄임표로 질문을 대신한 이유는 제 질문보다는 그들의
답변에 대한 집중도를 높이려는 의도라고 생각해 주시기 바랍니다.

맹목적
긍정

———————

어차피 돌들은
사는 동안 끊임없이
당신의 가슴 속으로 던져지겠지요.
결국
산다는 건
그 돌을 어떤 마음으로
받아들일 것인가의 문제일지도 모릅니다.
그 옛날 호수가에 던져진 돌들처럼
그 돌을 받아들이며 살 것인지
아니면
꽝꽝 언 호수의 빙판 위로 던져진 돌들처럼
그 돌을 튕겨내며 살 것인지…

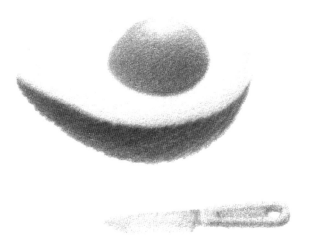

맛있는 인생을 살고 싶다면
내가 뭘 좋아하는지를 먼저 알아야 하고
내가 먹고 싶은 걸 먹겠다는 의지가 중요합니다.
주는 대로 먹어야 하는 급식보다는
스스로 먹고 싶은 걸 먹을 때
더 행복한 것처럼 말이죠.

언젠가 그런 이야기를 들은 적이 있어요.
세계적으로 유명한 감독에게 누군가가 물었죠.
"감독님 같은 분에게도 가장 두려운 순간이 있다면
그 순간은 언제인가요?"
그러자 감독은 이렇게 답했답니다.
"아침, 모든 스텝이 촬영 준비를 다 끝내고
저를 기다리고 있는 현장으로 가는 그 순간이
늘 가장 두렵습니다."
......
어쩌면 우리가 눈을 뜨는 아침도 그런 것이 아닐까 합니다.
몸 안의 모든 스텝이 밤새 만반의 준비를 다 끝내고
눈 뜨기만을 기다리고 있는데
눈 뜨자마자 투덜거리며 하루를 시작한다면
그 스텝들의 마음이 어떻겠어요?
''''

그래서 전 아무리 힘든 아침이라도
눈을 뜨는 순간만큼은 꼭 미소를 지으며
오늘 하루도 눈 뜨게 해주셔서 감사합니다.
오늘 하루도 잘 부탁드립니다.
하는 인사를 건네며 시작합니다.
이 말을 하고 안 하고의 차이는 정말이지
걸작과 졸작만큼이나 대단하답니다.

좀 한가해지면
서랍을 정리하려 합니다.
한참이나 못 했거든요.
그리고 서랍 속 내용물들을 쏟아 낼
저 테이블도 말끔히 정리할 생각입니다.
차도 한 잔 하면서…
……
서랍을 정리하다 보면
어떤 물건이 날 미소 짓게 하고
어떤 물건이 날 그때 그 순간으로 데려가 줄까?
이런저런 소소한 생각들이 들어서
참 좋은 것 같아요.

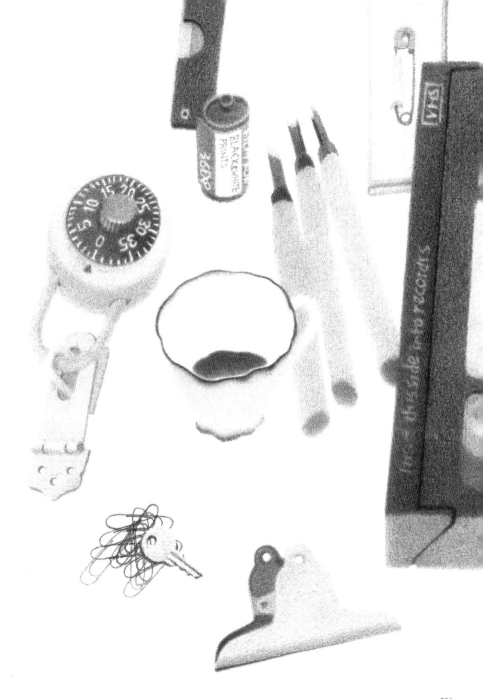

BLACK&WHITE
PRINTS

VHS

Inside – thissideintorecords

인생에는
차단을 통해서만 열리는 문이 있습니다.
깊은 사색이 주는 놀라운 희열,
짙은 정적이 주는 저편의 소리 같은 것들 말이지요.
……
그 문 너머의 세상에는 잊고 지낸 나 자신이 있어요.
늦게라도 와준 자신에 대해
감사해 하는 당신 자신 말이지요.
자신이 잊고 지내던 자신을 만났는데
어찌 쉬이 떨어질 수 있겠어요?

최근에 읽은 책 중에
제목은 기억나지 않는데
마음에 들었던 대목은 있었어요.
......
하루에 한 가지씩 반드시 새로운 일을 해본다.
쉬울 것 같지만 쉽지 않은 그 일을
하루도 거르지 않았던 것이 지금의 나를 만들었다.
정확한지는 모르겠지만 이런 내용이었던 것 같아요.
......
네. 시도해봤죠.
쉽지 않더군요.
저는 익숙한 패턴 속에서 안정감을 찾는 스타일이라서요.
......
그래도 계속 시도해볼 생각이에요.
매일매일 하나씩 새로운 시도는 무리겠지만
최소한 생각이 날 때만이라도!

현업에서 오래 일하다 보면
이런 질문을 받곤 합니다.
필드에서 그렇게 계속 일할 거냐?
이젠 관리로 물러서야 하지 않느냐?
당신이 없어도 무리 없게 만드는 것이
진짜 운영이라고 생각하지 않느냐?
……
중요한 것은 어디에 서 있어야
내 가슴이 두근거리는지입니다.
필드에 있을 때 여전히 가슴이 뛴다면
필드가 정답일 것이고
물러나 백업을 해줄 때가 더 편안하고 즐겁다면
그곳이 정답일 것입니다.
정답은 머리가 알려주는 게 아닙니다.
가슴이 알려주는 거죠.

막대한 시간이죠.

초등 6년, 중등 3년, 고등 3년, 대학 4년.

기본적인 시간만 따져도 벌써 16년이에요.

16년! 자그마치 16년! 맙소사!

……

그 시간 동안 자신이 무엇에 가장 재능 있고,

무엇을 할 때 가장 즐겁고 가슴이 뛰는지 알아야 해요.

기관들은 최선을 다해 그들의 존재 이유를 발견하도록 해 줘야 하고요.

그것이 지금 이 나라 교육에서 가장 시급한 정책이자

우리 모두의 역할이라고 생각합니다.

젊은 날엔 그렇죠.

나는 특별하다.

나는 이런 취급을 받아서는 안 될 사람이다.

하지만 살아보면 어떤가요?

......

사실, 인생 별거 없습니다.

소박하게 기뻐하고, 순간순간 사랑하며 살면 됩니다.

난 당신들과 달라 하는 생각을 버리세요.

그냥 그렇게 어울리고, 섞이고, 나누고,

다른 사람의 도움을 받기도 하고,

그러다 피곤하면 드러눕기도 하고,

그렇게 살면 됩니다.

......

'난 이 정도는 하며 살아야 되는 사람이야'

라며 자신을 속박하며 살다가

인생의 진짜 기쁨을 다 놓치진 말아야죠.

진정한 경청의 자세는
'어쩌면 나 자신은 그보다
잘 모를 수도 있다'라는 자각입니다.
말하는 이보다
내가 더 우월하다는 생각을 품고
듣는 행위를 지속하는 것은
경청이 아니라 인내하는 시간이 되는 셈이죠.
그렇게 시간이 흘러가면
말하는 이도 듣는 이도
그 시간을 허비하는 꼴이 됩니다.
그렇기에 듣는 시간이
나에게 득이 되는 시간이 되기 위해서는
자신의 의견에 대한 확신과 교만 그리고
자만을 다 버리고 들어야 합니다.

그들 입장에선 간단한 논리입니다.
가진 게 없으면 없는 대로
세상이 다 내 것이 될 수 있지만,
가진 게 많으면
세상을 가지려 하지 않고
자꾸 남의 것과 비교만 하게 되니까
그들이 볼 땐 그 사람이 더 이상한 사람인 거죠.

지난날을 돌아보았을 때
가장 바보 같았던 건
미래를 위한답시고
현재를 희생한 거죠.
……
두려웠던 거죠.
그 길 외에도 다른 길이 있다는 걸
모르기도 했고
가르쳐준 사람도 없었으니까요.
다시 그 시간으로 돌아갈 수 있다면
여행을 다니지 않을까 싶어요.
미친 듯이…
그리고 더 많은 일을
저질러 볼 거예요.

간과하지 말아야 할 것은
경험이라는 미명 아래의 중독입니다.
괜찮아. 난 컨트롤 할 수 있어.
이런 경험도 해봐야 내 성장에 도움이 될 거야.
이런 마음, 위험합니다.
중독이라는 방에는 애당초 출구가 없어요.
있더라도 지극히 작아서
자신의 몸에 데미지를 주지 않고서는
나올 수가 없어요.
그런데도 난 자제할 수 있다는,
순진한 자신감에 그 방에 들어가려 하는 것은
앞으로 당신이 만나게 될
훨씬 더 아름다운 순간들과
맞바꾸는 행동이 될 것입니다.

요즘엔 참 멋진 명함들이 많은 것 같아요.
천으로도 만들고,
나무로도 만들고,
플라스틱으로도 만들죠.
하지만 전 명함은 종이로 만드는 것이
가장 좋다고 생각합니다.
사실 그 생각을 가지게 된 이유는
예전에 어떤 분과 나눈 이야기에
공감했기 때문입니다.
......
"명함이란 건 그 명함을 받은 당사자가
자신의 사정에 맞게 정리하려고 할 때
그 상황에 따라 움직여 주는 것이 좋지 않을까 합니다.
찢어서 정리하고 싶은데 힘을 줘도 찢어지지 않고
모양만 잔뜩 구겨진 채로 쓰레기통에 버려지면
준 사람도 정리하는 사람도
왠지 둘 다 마음이 안 좋을 테니까요."
......
이런 이야기였어요.
저도 가끔 시간이 흐르면
그간 받았던 명함들을 한 장씩 보면서 정리하곤 하는데
잘 찢어지지 않는 재질의 명함을 정리할 때면
그때 그 말이 늘 생각나곤 합니다.

그런 상대가 있죠.
상대가 안 되는,
상대가 안 될 정도로 악한.
......
처음엔 절대로 알 수가 없어요.
인상이 근사하고 유쾌하거든요.
하지만 아주 서서히 대상을 망치기 시작하죠.
오후의 햇살처럼 아련하게 접근해서
모든 걸 다 내어놓게 만든 뒤
어둠 속에서 헤매게 하죠.
......
판별은 어렵지만
전혀 알 수 없는 것도 아닙니다.
가장 보편적이고 기본적으로 지켜야 할 것들에 대해
이글테면 사랑하는 이들과의 약속, 종교적 신념,
가정으로의 복귀 등
그런 소중한 것들에게서 자꾸만 멀어지게 만드는
제안을 하는 자들이라면
그들이 바로 조심해야 할 악한 상대죠.

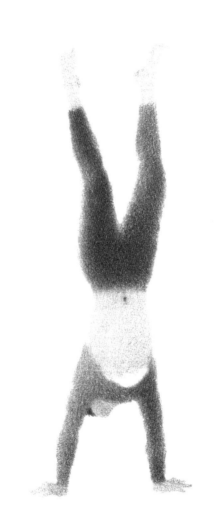

완벽하지 못했다고
자신을 자책할 필요도
타인을 폄하할 필요도 없습니다.
완벽이란 애초에 신의 영역에 속한 단어니까요.
그러니 그 시간에
신이 당신에게 선물로 준
이 지구의 자연과
사랑이라는 감정을 마음껏 즐기며
살아가는 것이 더 좋지 않을까요?

분수를 지키라는 말은
상당히 기분 나쁜 말일 수도 있죠.
하지만, 생각하기에 따라 현실적인 말이기도 합니다.
분수를 예로 들어 볼까요? 물 나오는 분수 말이죠.
분수를 넘은 분수가 사람들의 사랑을 받을 수 있을까요?
분수는 그렇게 억울한 한계가 아닙니다.
스스로 도달할 수 있는 넓이와 높이를 인식하고
그것에서 삶의 기쁨과 존재의 감사를 추구하자는 인식입니다.
그러니 너무 억울해할 필요도, 좌절할 필요도 없지요.
삶 속에서 자신만의 분수를 자각하고
그 속에서 자신의 행복을 진실되게 추구하면 되는 것이죠.
그런 진실된 분수라면
그 주위에는 언제나 좋은 사람들과
끊이지 않는 웃음이 가득할 테니까요.

뭔가가 잘못되었다는 것이
사실로 드러나면 즉시 멈추는 게 더 이익입니다.
여태까지 달려온 게 아깝다고
그냥 밀어붙이려 하는 경우가 종종 있는데
결국 더 우스운 꼴이 될 수 있어요.
……

밀린 첫 단추 같은 거죠.
하지만 돌아갈 길이 없는 것도 아니에요.
옷이라면 얼른 다 풀고
다시 처음부터 제대로 끼우는 게 중요하고,
일이라면 얼른 인정하고 감내한 뒤
대책을 세우는 게 중요합니다.

인간을 자신의 힘으로 기립하게 만드는
생물학적 요인이 뼈와 근육이라면
인간을 자신의 힘으로 기립하게 만드는
사회학적 요인은 경험과 신념이겠지요.

능력은 뛰어난데
자신의 배경에 대해
콤플렉스가 있는 이와 만난 적이 있었어요.
그에게 말해줬지요.
지금 자네가 부끄러워해야 할 것은
자네의 국적이나 출신이 아닐세.
자네가 진정으로 부끄러워해야 할 것은
자신이 태어나고 성장한 곳에 대해
아는 것이 거의 없다는 것이지…

잠을 청하는데
여러 날에 걸쳐 잠이 오지 않는다면
마냥 청하지 마시고
가만히 한번 살펴보세요.
잠이라는 객을 청하는
내 몸이라는 집과
내 맘이라는 방은
객을 들이기에 단정하고 깨끗한지,
객이 들어와 편히 쉬어갈 만큼
정갈하고 고요한지 말이죠.
그렇지 않다면 그를 청하기 전에
몸과 마음의 소제가
먼저여야 하겠지요.

뒤처진다는 것은
그 방향으로 질주하는 사람 중에서
뒤처진다는 뜻이니까
힘이 부치면 잠깐 주저앉아
쉬어도 괜찮다고 생각해요.
……
하지만 생각까지 완전히
멈추지는 말아야 한다고 생각합니다.
……
자기에게 맞는 방향을 찾으려는 생각 말이죠.
인생의 모든 길이 일직선 위에만 있는 건
아니니까요.

왜 결정적인 문은 바닥에 있을까요?

그건 아마 바닥에 떨어져서야 주위를 둘러보게 되고,

절박한 심정으로 문을 찾아 헤매기 때문일지도 모릅니다.

……

자신을 냉정하게 바라보는 게 먼저인 것 같아요.

뭘 할 수 있는지.

뭘 잘하는지.

뭐에 아직도 가슴이 뛰는지.

그때 보이는 것 같아요,

나아가야 할 문은.

아주 어릴 적에 부모님과 함께 비행기를 탄 적이 있었어요.
비가 몹시 내리는 날이었지요.
구름도 굉장히 두터웠던 기억이 납니다.
이륙 후, 그 두터운 구름 속으로 비행기가 날아가는데
어린 마음에 얼마나 겁이 나던지.
번개도 쳤던 것 같아요.
가슴이 막 쿵쾅쿵쾅거렸죠.
기체도 정말 심하게 요동쳤거든요.
그러다 어느 순간 비행기가 그 두터운 먹구름의
끝을 뚫고 나가자 창밖 가득 파란 하늘이 보이더군요.
저는 믿을 수가 없었어요.
불과 몇 초 전만 하더라도 온 세상이 다 먹구름으로 가득했었는데
전 너무 놀라 창가 쪽으로 얼굴을 바짝 댔죠.
그 순간의 감동은 잊지 못할 거예요.
아래로는 두터운 구름이 끝없이 펼쳐져 있었고
위로는 파란 하늘이 끝없이 펼쳐져 있었거든요.
모르긴 해도 아마 그 순간이었던 것 같아요.
지금의 먹구름이 아무리 짙어도 그 끝은 반드시 있고
그 끝에는 반드시 찬란한 빛이 비치고 있다고
생각하게 된 계기가 말이죠.

어려운 시기에는 특히
자신에 대한 믿음이 중요합니다.
얕은 믿음으로는 안 됩니다.
지금은 바람이 거센 시기니까요.
……
최소한 그 믿음의 뿌리가
맹목적 긍정에까지 닿아 있어야 합니다.
나는 선택을 받아 이 세상에 태어났다는 믿음.
나는 반드시 잘 될 수밖에 없는 사람이라는 믿음.
나는 사랑을 받는 사람이고 사랑을 전할 사람이라는 믿음.
이러한 믿음에 뿌리를 둔 사람이라야
이 시대를 이겨낼 수 있으리라 봅니다.

자존감을 가지는 것에서부터
문제의 해결은 시작됩니다.
그러기 위해선 해악을 목적으로 한 시선과
평가에 너무 좌우될 필요는 없습니다.
늘 깨어 있는 마음으로 자신의 길을 걸어가세요.
하지만 그 길을 걸어감에 있어 잊지 말아야 할 것은
자존과 교만은 다르다는 겁니다.
그 경계를 잘 구분하며 걸어가야 합니다.

세상의 존재는 2가지가 한 세트입니다.

낮과 밤

남과 여

선과 악

생과 사

앞과 뒤

......

그리고 그것은

당신의 생계 수단에도

그대로 적용됩니다.

지금 당신의 생계 수단이

당신을 너무나 초라하게 만들고

연명에만 급급하게 만들고 있다면

그가 당신을 위해 준비해둔

또 하나의 수단을 찾아보세요.

믿음을 가지고

확신을 가지고 말이지요.

사실 재능이라는 자는
꽤 관대한 자랍니다.
의지를 가지고 자신에게 접근하는 자에겐
어느 선까지는 인생을 즐길 수 있도록
그 재능을 선물해 주기도 하지요.
하지만 동시에 그는 아주 차갑기도 하답니다.
그 선을 넘어 계속 요구하는 자에게는
가혹한 실망만을 안겨 줄 때가 많아요.
그러니 당신에게 없는
필요 이상의 재능을 탐하지 마세요.
차라리 다른 재능을
어느 선까지만 달라고 요구해보세요.
그럼 언제까지고
당신은 재능의 관대한 면만을 보며
살아가게 될 테니까요.

현대의 사회 그리고 앞으로의 사회에 필요한 구성원은
자기만의 색을 가진 사람일 것입니다.
자신의 색을 지우고 조직의 색에 자신을 맞추게 되면…
색연필을 예로 들어보죠.
색연필의 가치는 무엇으로 판가름 나는 걸까요?
……

그것도 맞는 말이지만
저는 색연필의 가치는 그 개수로 좌우된다고 봅니다.
얼마나 다양한 색을 가지고 있느냐가 가격을 결정하죠.
3색 색연필보다는 6색 색연필이
6색보다는 12색, 36색 색연필이
더 가치 있는 색연필 아닐까요?
그러니
자신의 색을 버리고 남의 색이나
조직의 색에 맞출 필요 없습니다.
앞으로의 시대는 더더욱 말이죠.

수천 년의 인류 역사 동안
지금 당신이 겪고 있는 고민과 갈등 그리고 고통이
당신만 겪는 것일까요?
그렇지 않습니다.
시대와 상황만 달랐을 뿐이지 같았거나 어쩌면
그 이상의 고통을 겪은 사람은 수없이 많았을 것입니다.
그들 중에는 극복한 사람도 있었을 것이고
스스로 좌절해 돌이킬 수 없는 선택을 한 사람도 있었겠지요.
중요한 것은 그 고민과 고통이
당신에게만 일어나는 게 아니라는 겁니다.
그러니 최소한 왜 이런 일이 나에게만 일어났냐며
스스로 비관의 늪으로 걸어갈 필요는 없습니다.
그보다는 그러한 인식을 먼저하고,
그 고통을 극복한 타인의 사례들로
자신을 다독이는 게 효과적일 겁니다.
……
도움을 청하세요.
사람들에게 손을 내밀어야 합니다.
도와달라고
자존심은 도움이 되지 않습니다.
혼자 이불 속에 들어가서 해결되는 것은
아무것도 없으니까요.

편견이 심한 사람은
편식이 심한 사람과 같은 거죠.
아이처럼 말이죠.
어른인데…

행운이 담임이라면
시도는 "저요, 저요!" 하며
손드는 학생과 같습니다.
당신이 행운이라면
누구를 지목하시겠어요?

평범한 그림이나 사진도
액자 속에 놓이면
근사해 보이잖아요?
전 그런 사람과 만나
사랑에 빠지라고
말하고 싶어요!
……
반드시 있어요.
당신이라는 그림을 더 멋지게
만들어줄 액자 같은 사람은…
반드시.

견딘다는 것은 지구상에 존재하는
모든 생명체의 숙명입니다.
인간 또한 견딤의 시간이 있었기에 탄생할 수 있었죠.
하지만 지금은 그 본연의 속성이 희석되고 있습니다.
수많은 미디어에서 뿜어져 나오는
말초적이고 휘발적인 콘텐츠 때문이지요.
현대 사회는 견딤의 숙명과 미덕을 부정하고
그 시간을 우롱합니다.
견디지 말고 바로 어필하고 행동하라 촉구하죠.
하지만 견딘다는 것에 대한 올바른 자각을 갖추지 않으면
인간은 인간다운 삶을 영위할 수 없습니다.
작은 외부의 스트레스에도 깨지기 쉬운
유리 같은 존재로 변하기 쉽습니다.
견딘다는 것은 결코 좌절이나 패배가 아닙니다.
그것은 단계의 상승을 위한 성숙이자 진보인 것입니다.
이것이 견딤에 대한 올바른 자각입니다.

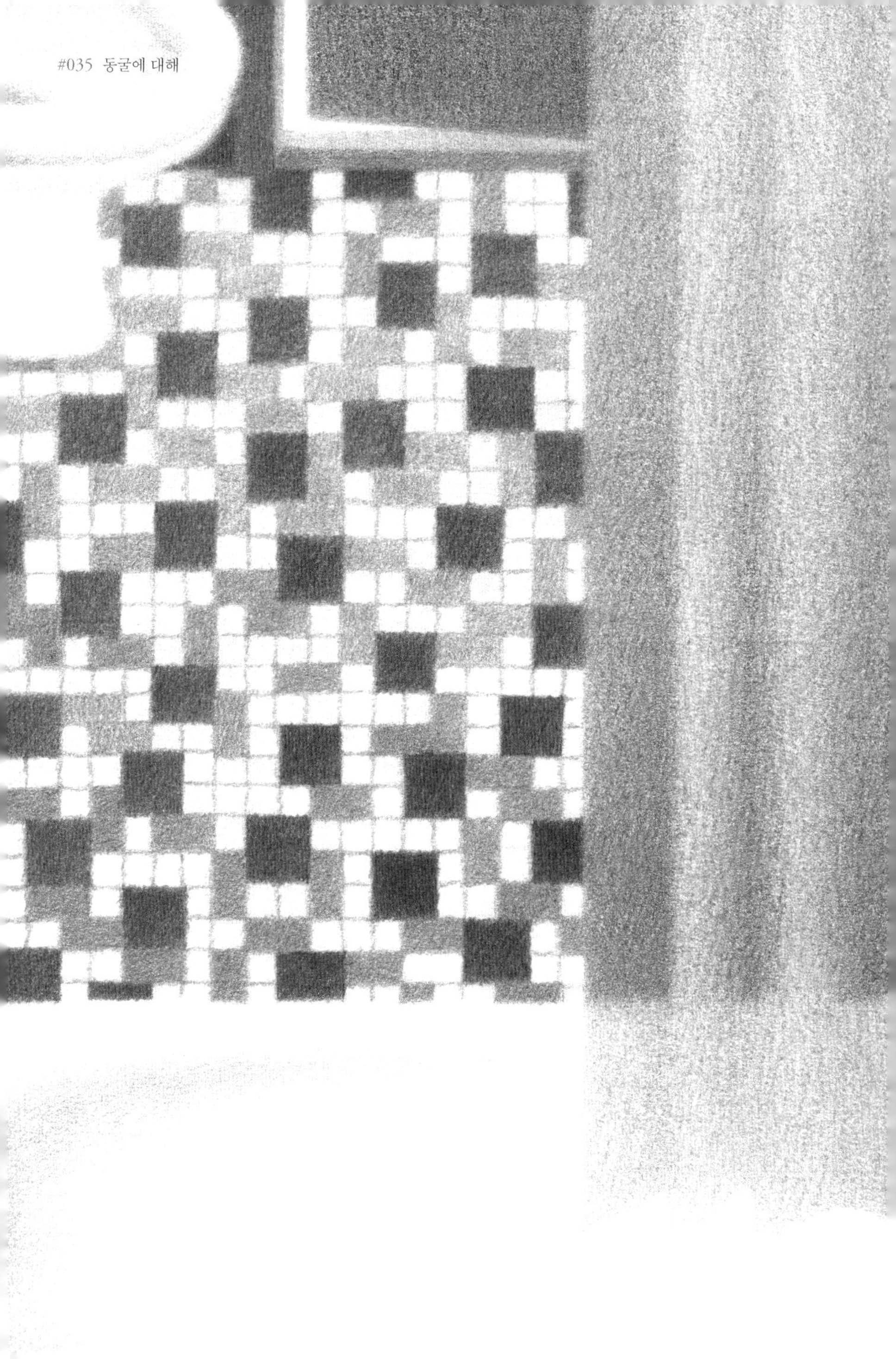

동굴에 대한 저의 생각은 좀 다릅니다.
단절의 동굴이라면 그 입구는 막아야겠지만
치유의 동굴이라면 하나쯤은 필요하다 생각하거든요.
일종의 아지트 같은 거죠.
그곳에서라면 누구의 눈치도 볼 필요 없이
혼자 온전히 휴식을 취할 수 있는.
......
꼭 카페 같은 곳이 아니어도 됩니다.
호젓한 산책길이나
사람들이 잘 찾지 않는 벤치도 좋고,
자연 속 어느 한 곳도 괜찮습니다.
홀로 고요히 충전될 수 있는 동굴 하나가
삶을 더욱 풍요롭게 만들어 주니까요.

천박함이란 좇는 대상으로 판단하기보다는
대상을 좇는 방법에 달린 것이겠지요.
......

대부분 그 대상은 본능에 따른 경우가 많습니다.
그렇기에 그 대상까지 천박하다 말하긴 어렵겠죠.
하지만 그 대상을 좇는 방법은 얼마든지 달라질 수 있습니다.
교육과 경험 그리고 관계 등을 통해서 말이지요.
......

결국 천박함이란 것은 대상을 좇을 때
자신의 본능 충족을 위해
기존의 가치를 얼마나 무시하는가,
관계된 사람들에게 얼마나 피해를 주면서
자신의 본능을 충족하려는 가에
달린 문제겠지요.

기(氣)라는 건 상호교류적입니다.
서로를 염탐하기도 하고 화합하기도 하지요.
자신에게서 나오기도 하지만
다른 생명체의 기가 자신에게
넘어오기도 합니다.
……
좋은 기를 담고 싶다면
먼저 바른 자세가 중요합니다.
삐뚤거나 구부정한 자세를 하고 다니면
그런 모양의 기가 들어올 가능성이 커집니다.
그러니 힘든 시기를 지내고 있다면 특히 더
당당하고 자신감 넘치는 자세를 취해야 합니다.
그래야 좋은 기가 안심하고 들어오게 되고
그래야 그 시기를 더 빨리 극복할 수 있게 되는 거죠.

잘 하는 일.
좋아하는 일.
다음 단계로는
사명을 찾는 일이
아닐까 합니다.

이건 제가 다시 슬럼프를 딛고
일어설 수 있었던 이야기에요.
순환에 대한 이야기였는데
정확히는 비에 관한 이야기였죠.
……
떨어지는 비가 그 떨어짐을 비관만 하고 있다면
다시 하늘로 올라갈 순 없다. 하지만,
그 비가 스며듦의 길을 택하고
자신의 존재를 잊지 않고 나아간다면
반드시 바다로 나아가게 되고
다시 하늘로 올라갈 수 있게 된다.
이런 이야기였어요.
……
그날로 담배를 끊었죠.

전 글을 쓸 때
주로 제 경험에 의지해 쓰는 편입니다.
어릴 적부터 그 순간의 감정을 기억하고
저장해 두는 데에 소질이 좀 있었던 것 같아요.
그 중엔 정말 죽도록 잊고 싶고
두번 다시 떠올리기 싫은 기억도 있지만
뭐 그것도 일종의 소스가 되기도 하더라고요.
생각하기에 따라서!
……
잊을 수 없다면 어딘가에 넣어두려 하죠.
싫든 좋든 그 순간들이 지금의 저를 만들었으니까요.

현명함의 정의는 수도 없이 많겠지만,
겪지 않아도 될 일을
경험치 않고도 겪지 않는 것.
그것이
현명함이 아닐까 합니다.

실상 실체는
실수투성이인 경우가 많아요.
그러니 직접 대면하기도 전에
미리 마음속에서 그 실체를
크게 부풀려 놓을 필요는 없습니다.

마음의 문은 활짝 열어 놓으세요.
선입견을 품고,
가려 들이려 할 필요 없습니다.
아무나 들이면 내가 힘들지 않을까,
상처받지 않을까 너무 걱정하지 마세요.
들이는 방이 정갈하면
악한 이들은 스스로 나가게 되고
소중한 이들만 남게 되니까요.

존재는
연결로부터

자연을 한번 보세요.
어떤 자연이든
덧붙여진 것이 있나요?
꼭 필요한 최소한의 것만이 존재하죠.
그렇기에,
어쩌면 그렇지 못하기에
인간은 늘
자연을 동경하는 것이겠지요.

동물 사회에서건
인간 사회에서건
기술의 발전은 언제나
무리에서 이탈을 감행한
존재들에 의해
쓰여왔다는 사실입니다.

아, 그거요?
꽃 꽂다가 떨어진 것들로 한번 만들어 본 거예요.
활짝 핀 꽃 양옆으로
작은 꽃망울 두 개를 꽂으니
꼭 슈렉 같아서 슈렉이라고 이름도 붙여 줬죠.
오늘 하루 중에 그게 제일 재미있었어요.
……
결국 삶을 지탱해주는 건
이런 소소한 행복들이 아닐까 해요.
모든 생명은 시들게 마련이니까
작더라도 지금 행복한 게 최고 아닐까요?

우리는 모두
누군가와 연결되어 있습니다.
만약 난 누구와도 연결되지 않고
살아갈 수 있다고
주장하는 인간이 있다면
저는 그에게 묻고 싶습니다.
그럼 당신의 배에 있는
그 배꼽은 뭔가요?

집의 가치 중 하나는
방이 몇 개 인가겠죠.
그 점에서는
사람도 마찬가지라고 생각합니다.
마음에 방이 하나인 사람보다는 아무래도
마음에 방이 많은 사람이
더 즐겁고 풍요로운 삶을
누릴 수 있을 테니까요.
돈 드는 것도 아닌데
마음의 방조차 없거나
너무 좁다면
그 삶…
너무 팍팍하지 않겠어요?

자신의 재능이 무엇인지
아직 잘 모르겠다면
가장 먼저 부모님과 그 부모님의 부모님은
어떤 재능이 있었는지
한번 살펴보라고 권하고 싶어요.
대개 재능은 유전되는 경우가 많거든요.
……
가족과 가문의 재능을 살펴보고
이야기를 듣다 보면 여러 장점이 생깁니다.
유대감이라든지, 자긍심이라든지…
하지만 무엇보다 도움이 되는 건
그때보다 지금이 더 자신의 꿈을 펼치기에
좋은 환경이라는 인식이지요.

만약 제게 아이란 무엇이냐고 물으신다면
저는 지우개라고 답하고 싶어요.
그날 하루가 얼마나 힘들었든
얼마나 비참했든 간에
집에 와서 아이를 꼬옥 안으면
그 하루가 지우개로 깨끗이 지운 것처럼
하나도 생각나지 않게 되거든요.
정말 티끌 하나 남지 않고 다 지워져요.
세상에서 가장 행복한 잊힘이죠.

로켓을 예로 들어보죠.
대기권을 돌파하려면 보조적인 추진력이 필요하잖아요.
본체를 대기권 밖으로 보내고 자신은 바다에 떨어지는.
혼자의 힘으로는 갈 수 없어요.
사람도 마찬가지입니다.
혼자의 힘으로 할 수 있는 건
아무것도 없어요! 아무것도!
사람은 태어나면서부터 누군가의 희생적 돌봄이 없으면
바로 죽을 수밖에 없도록 프로그래밍되어 있죠.
성인이 되어서도 마찬가지입니다.
희생에 대한 인식의 정도가
그 사람의 도달 한계를 결정하는 것입니다.

현실에 대한 부정으로 시작하는 미래보다는
현실을 거름 삼아 씨를 뿌리고 싹을 틔워
미래를 도모하는 편이 훨씬 더 경제적이며
그 가능성이 높지 않나 합니다.

왠지 형광등보다는 백열등이 더 감성적이라는
그 말에 대해선 저도 동감합니다.
저도 누군가를 통해 들은 이야기입니다만
형광등을 주로 켜는 집에서 자란 아이보다
백열등을 주로 켜는 집에서 자란 아이들이
색에 대해 좀 더 풍부한 감성을 지닌다고 하더군요.
너무 다 드러내는 것보다는
음영의 차이를 통한 미묘한 상상력들이
그 차이를 만드는 것이겠지요.

위로가 치유로 귀결되기 위해서는
슬픔에 대한 순수한 이해가 우선되어야 합니다.
섣부른 자기판단이나 이기적인 계산이 전제된 위로는
오히려 더 큰 슬픔과 분노를 불러일으킬 수 있으니까요.
이해가 되었다면 다음으로는 동질화 과정이 중요합니다.
서로의 체온을 나누고, 서로의 숨결과 심장의 고동을 나누며
순수한 이해와 동질화. 이 두 가지가 위로의 핵심이겠지요.
위로의 힘이 참 큰 것이
누군가에게 위로를 주었다고 그 위로가 빠져나가는 게 아니에요.
항상 그보다 더 큰 위로가 본인에게 채워지죠.
그것이 바로 위로의 놀라운 힘입니다.

저는 아이들이 자라서
무엇을 하면 좋을지에 관해 이야기할 땐
꼭 눈을 잘 관찰합니다.
이런저런 이야기를 나누다
자기가 좋아하는 이야기가 나오면
눈에서 빛이 나오거든요.
반짝반짝해지죠.
그 빛을 잘 캐치해야 합니다.
다소 엉뚱하고 행여 부모가 싫어하는 일이라 해도
그 빛을 무시해서는 안 됩니다.
……
물론 시간이 지나면 바뀌기도 하죠.
하지만 중요한 건
그 빛의 궤적을 놓치지 않는 거예요.
그 빛에 믿음과 격려 그리고 사랑이 더해질 때
아이는 자신의 천직을 찾아가게 됩니다.

아이가 자라서 사회생활을 하게 된다면 이 말을 꼭 해주고 싶어요.
싫을 때 싫다고 말할 줄 알아야 한다.
무조건 'YES'라고 말할 필요는 없다.
불필요한 동선이 아이의 삶을 갉아먹지 않도록
부모라면 세련되게 거절하는 방법을 가르쳐 줘야 한다고 생각합니다.
아니, 세련되게 거절하는 방법이라는 말은 취소하는 게 좋겠네요.
효과적으로 거절하는 방법에 대해 알려줘야겠지요.
……
싫은 이유를 솔직하게 이야기할 수 있어야 해요.
다른 방법은 없어요. 그래 봤자 돌아가게 되거나
불필요한 동선이 또 늘어나게 되니까요.
……
어쩌면 그럴지도 모릅니다. 하지만 그로 인해
아이가 집단에 소속되지 못한다면
그곳은 그가 있을 곳이 아닌 거겠죠.
내가 또한 바르겠지만 그 사이를 냉확이 인식하며
성장하는 것이 중요하다고 생각합니다.
자신에게서 기인한 책임을 스스로 극복하려 애쓰는 시간과
어쩔 수 없이 시인한 책임을 만회하려 애쓰는 시간의 차이를요.

자연에 자연을 더하면 결코 이질적이지 않아요.
그러니 뭔가를 꼭 더해야 한다면,
그러면서도 이질감이 없기를 바란다면
자연에 자연을 더하듯 하세요.

돌아가신 아버지가 꿈에 나오신 건 정말 몇 년 만이었던 것 같아요.
꿈속에서 버스로 아버지와 어딘가로 가고 있었어요.
갑자기 방송이 나오더군요.
곧 국경을 통과하니 짐을 챙겨서 내려야 한다고.
저는 깜짝 놀라 늘어놓은 것들을 주섬주섬 가방에 담기 시작했어요.
스마트폰, 이어폰, 생수, 읽던 책 같은 것들을 말이죠.
다 담고 그제서야 자리에서 일어나려는데 버스가 움직이더군요.
저는 너무 놀라 옆자리를 봤어요. 아버지가 안 계셨어요.
……
아버지는 이미 내리서서 창밖에서 나를 바라보고 계셨어요.
버스는 출발하고, 저는 내리지 못하고,
아버지는 밖에서 가만히 나를 바라보시고.
저는 미칠 것 같아서 막 울부짖었어요.
아버지! 아버지! 저도 같이 가요!
……
그때 아버지의 표정이 어떠셨는지는 잘 생각나지 않아요.
하지만 마지막으로 하신 말씀은 지금도 생생히 기억나요.
이렇게 말씀하셨어요.
심.플.하.게. 살.아.야. 한.다.
……
노력은 하는데 잘 되진 않아요.
그래도 계속해야죠.
언젠간 다시 아버지와 만날 테니까.

기도와
감사의
위력은
걸림돌조차
디딤돌로
변하게 한다는
것입니다.

벼가
익을수록 고개를 숙이는 건
겸손해서라기보다
때를 알기 때문입니다.
땅으로 돌아가야 할 때,
줄기로부터 떠나야 할 때를
누구보다 잘 알기 때문입니다.

어릴 적, 할아버지가 반주를 드시는 걸 보고는
이해할 수가 없었어요.
목욕탕에서도 물이 뜨거워 데일 것만 같은데
"어흐~ 시원하다" 하시는 것도요.
하지만 어느덧 한 살, 두 살 나이가 들면서
조금씩 그 맛을 알아가게 되자 궁금했어요.
더 과거로 거슬러 올라가 보고 싶은 생각이 들었죠.
시조에는 무슨 맛이 있어 옛 선비들이 그렇게 좋아했을까?
옛 음악에는 어떤 정서가 담겼길래
그렇게 마음을 달뜨게 했을까?
수묵화는?
사상은?
생각이 그런 곳에 미치자
대하는 태도가 조금씩 달라지더군요.
다는 아니지만 접점이 느껴져요.
얼핏 얼핏 그 감정들과 연결된다고 할까요?
......
다른 맛이 있어요. 지금의 감성들과는.
뭐랄까요,
바람에 흔들리는 가지나 잎으로 닿는 느낌보다는
어둡고 축축하지만 깊은 흙 속 뿌리로 닿는 느낌이랄까?
설명하기는 힘들지만, 확실한 것은 스펙트럼이 넓어져요.
그리고 그 넓어진 스펙트럼이 지금의 내 삶과 묘하게 잘 어울리고
순간순간의 삶을 더 풍부하게 만들어 준다는 겁니다.

그런 친구가 있어요.
오래전에 얘기했지만, 모두가 잊고 있었던 생각이나
아이디어를 다시 꺼내 상기시켜 주는 친구.
심지어 원작자마저 까맣게 잊고 있는데 말이죠.
처음엔 그저 좀 부지런한 정도인가 했는데
시간이 지날수록 그 또한 스킬이구나 하는 생각이 들더군요.
……
새로움에 대한 갈망과 수집은 끝날 때까지 계속하겠죠.
하지만 그만큼 살아오면서 경험하고 기록했던 것들에 대한
갈무리 역시 중요한 게 아닌가 합니다.
나이를 먹어갈수록 더 그런 것 같아요.

세상의 욕망을 좇다 생긴 공허는
결코 세상의 것으로 채울 수 없다는 걸
그때 알았어요.
눈물로 사과했죠,
가족들에게
늦지 않았기를 바라며…

이 사람인지 아닌지 잘 모르겠다면
당신을 만나고 돌아가는
그 사람의 뒷모습을 몰래 한번
보는 것도 괜찮은 방법이에요.
무의식중에 나오는 사람의 뒷모습은
많은 말을 해주거든요.
……
보면 뭔가 느껴질 거예요.
'아~ 이 사람이구나'
아니면
'어? 이 느낌은 뭐지?' 하는,

평판이란 쌓는 것이 아니라 닿는 걸지도 모릅니다.
그러기 위해선 먼저 당신 곁에서
당신을 지탱해주는 이들을 전심을 다 해서 사랑해야 합니다.
그 사랑들이 차고 넘쳐
다른 이들에게 닿을 때
평판은 시작되는 것이니까요.

인간도 그렇고 자연도 그래요.
주변에 좋은 사람이나
좋은 생명들이
많이 다가오는 이들의 공통점은
하나같이 내어주는 것을
즐긴다는 것이지요.
……

아는 거죠.
그렇게 내어준 공간은
결코 빈 상태로 지속되지 않고
더 큰 행복과 사랑으로
채워진다는 걸.

세상을 찬찬히 둘러보면 신은 확실히
보통 디테일한 분이 아니라는 생각이 들어요.
형상이나 색감, 미각 그리고 관계와 운영
어떤 것 하나 세세하지 않은 게 없지요.
그런 신에게 기도를 드리는 건데
내용이 두리뭉실하고 모호하다면,
당신은 어쩌시겠어요?
……
디테일해야 합니다.
아주 세밀하고 치밀해야
응답도 디테일하게 받을 수 있는 것이지요.

타인에 대한 이해심이 깊어지려면
경험이 많아야 합니다.
경험이 많은 사람은 넓은 그릇과 같습니다.
많이 담을 수 있고, 많이 품을 수 있으니
먼저 다가가게 되고,
사랑과 관계를 나눌 수 있게 되는 거지요.
하지만 경험이 작은 사람은
작고 뾰족한 그릇과 같아서
타인을 이해하고 보듬기는커녕
자신의 화도 주체하지 못해
늘 분노를 달고 살게 됩니다.

무언가에 연연치 않고 자유로워지고 싶다는 건
모든 인간의 바람이겠지요.
하지만 인간은 태생적으로 그럴 수 없는
존재라는 인식에서 출발해야 합니다.
그래야 진정한 자유를 누릴 수 있습니다.
……
한 인간이 태어나기 위해서는 어머니의 태 안에서
탯줄을 통해 들어오는 영양분에 연연해 살아갈 수밖에 없습니다.
태어나서는 어떤가요? 부모 혹은 누군가의 보살핌에
연연하지 않고서는 그 생명을 유지할 수 없지요.
성인으로 성장해서도 마찬가지입니다.
무엇인가를 먹어야 하고, 마셔야 하며,
시시각각 배설에 연연하며 살아가야 합니다.
산다는 것은 매 순간 무엇인가에 연연하면서
살아갈 수밖에 없는 것이니까요.
……
연연함이 배척의 대상이 되어서는 안 됩니다.
오히려 고마움의 대상이지요.
그런 마음가짐으로 출발점에 설 때
진정한 자유는 성큼 다가올 것입니다.

지금의 세대가 이토록 쉽게 피로를 느끼는 건
눈, 코, 귀의 밸런스가 무너졌기 때문입니다.
……

눈만 너무 바쁜 거지요.
귀나 코도 그들의 소임을
다할 수 있도록 해줘야 합니다.
마음에 스미는 소리와 향기를
자주자주 접해줘야 합니다.
그래야 그때 눈도
휴식을 취하는 거지요.
지긋이…
한쪽만 혹사시켜서는 안 됩니다.
오래 못 가요.
그러다간!

세상에
그래도 되는
사랑은
없습니다.

우아함이란 그 행함의 동작이
극히 간결하다는 의미가 아닐까 합니다.
번복이 없는 행위.
마치 자연의 모든 동작들이
그러하듯 말이죠.

관계에 있어 중요한 것들은 많습니다.
하지만 가장 중요한 한 가지만을 이야기하라면
저는 人間愛라고 말하고 싶습니다.
포장된 愛는 아무리 포장을 잘했다 하더라도
결국 포장지일 뿐이지만,
人間愛로 형성된 관계는 비록 투박하고
단출하다 할지라도 은근하고 오래가게 되니까요.

낮이 더 긴 계절엔 자연과 더,
밤이 더 긴 계절엔 가족과 더.
이것이
제가 생각하는
천국입니다.

부모는 자식에 대한 의무가 있습니다.
최소한의 생존 방법은 숙지시켜주고
독립시켜야 하는 의무죠.
다수의 동물도 그러한데
하물며 인간이라면 더욱 그래야죠.
하지만 그것만으로는 부족합니다.
거기에 하나가 더 필요하죠.
인간에게는 육체적 생존뿐만 아니라
정신적 생존 스킬 또한 중요하니
이 두 가지가 잘 병행될 수 있도록 해야 합니다.

사실 기부에는 비밀이 숨겨져 있어요.
기부하는 사람들 사이에서는 공공연한 비밀이지만.
......
기부를 하게 되면 기부한 이상으로
반드시 당사자에게 이익이 돌아옵니다.
그게 돈일 때도 있고 아닐 때도 있지만
결론적으로는 항상 기부 이상으로 돌아오게 되어 있어요.
참 신기하죠?
그렇지만 그게 진실입니다!

지금 이 순간의
다른 말이 있다면
그것은 아마
지금 이 선물…
아닐까 합니다.

신이 인간에게 주신
가장 위대한 선물 중 하나가 적응력입니다.
처음엔 낯설고 힘들어도 결국엔 적응하게 되어 있어요.
심지어 자신의 의지에 반한
일이더라도 말이죠.
그러니 겁먹지 마세요.
그럴 필요 없습니다.
희망했던 삶에 대한 동경과 갈망이
억누를 수 없을 만큼 솟구친다면
그 사인을 따라나서면 됩니다.
......
완벽한 준비란 애초에 존재할 수 없어요.
항상 무엇인가가 부족하고 돌발상황이 발생하죠.
그게 인생이니까요.
그러니 새로운 곳에서 잘 적응할 수 있을지
걱정은 그만두고 길을 나서세요.

저는 금전적으로 이해관계가 얽힌
사람들을 만날 때면
늘 인간의 양면성에 대비합니다.
동전이나 지폐 같은 거죠.
한 면만 인쇄된 돈이 그 기능을 할 수 있나요?
바로 위조 사범으로 몰리겠죠.
금전 관계로 만난 사람들도 비슷합니다.
돈 앞에선 양면성이 드러나는 경우가 많으니까요.
그래서 어느 순간 그 양면성이 드러난다 해도
너무 놀란 나머지 시간을 허비하기보다는
그런 모습 자체가 인간이라 생각하고
대책을 생각하는 데 더 많은 시간을 들이려고 합니다.
좀 야박한 것 같아도
금전적 관계에서는 그런 것이 오히려
클리어하죠.

집에 오면 가족 이외의 일에는
일절 신경을 쓰지 않으려 합니다.
완벽하게 단절하려 노력하죠.
단절의 의미에 부정만이 있다고는 생각하지 않아요.
어떤 단절은 연결을 위해 꼭 필요한 요소입니다.
마치 다시 물이 고이기를 기다리는
시간과 같다고나 할까요?

창의적인 무엇인가를 만들어 내기 위해서는
재료가 필요합니다.
물성적이든 사상적이든 말이죠.
그러나 재료는 유한합니다.
지속적인 외부의 주입 없이는 고갈되고 말지요.
그렇기 때문에 새로운 곳으로 떠나야 하고,
그렇기 때문에 새로운 말을 들어야 합니다.

만약 심판관이 자연이라면 이렇게 묻지 않을까요?
당신은 분해되지 않는 것들을 얼마나 생산했고,
또 얼마나 소비하며 살아왔소?

가장 완벽한 죽음은,
죽되 다시 태어나는 것이겠지요.
누군가의
사랑으로
그리움으로
그리고
언젠가 꼭 다시 만나자는
약속으로.

역경이라는
기회

무겁고 힘겨웠던 몸이 가벼워지면
불어오는 작은 바람,
창을 넘어온 햇살 한 줌에도
산책하러 나가고 싶게 되고,
여행을 떠나고 싶게 되고,
사람들을 만나고 싶게 되죠.
그 설렘을 경험하면 절대
예전으로 돌아갈 수가 없어요.
그게 제가 오늘도 달리기를
멈추지 않는 이유입니다.

인생의 가치를 걸러주는 필터가 하나 있다고 생각해봅시다.
밑으로 갈수록 그 망이 촘촘해지는 필터.
거르고 걸러서 결국 하나의 가치만
마지막 망에 떨어져야 한다면
그건 사랑이어야 합니다.
그 외의 것들이 마지막 망에 떨어진다면
죄송하지만, 그 인생은 헛산 거지요!

맨날 시험 보기 바빠
정작 자신에 대한 실험은
해보지도 못하는데
제대로 된 졸업생이 나올까요?
이 길도 실험해 보고
저 길도 실험해 봐야
자신의 길을 확실히 알 수 있을 텐데
정말 아쉽고, 안타깝죠.
......
자신이 무엇을 좋아하는지도 모른 채
졸업하는 이들이 너무 많아요.
그렇게 사회에 나와 방황하는 이들도 너무 많고.
그래도 아직 시간은 있어요.
짧기는 하지만 한편으로는 방향을 틀어
질주할 시간을 남겨주는 게 또 인생이니까요.

기존의 룰에는 그간의 사람들이 쌓아 놓은
밀도 높은 경험과 지름길들이 응축되어 있어
엄청난 가치가 있습니다.
알면 알수록 자신에게 날개가 되죠.
그런데 그 룰들은 과거의 룰이니
무조건 무시하고 새로운 시도만을 하겠다는 것은
무모를 넘어 무지에 가까운 행위입니다.
……
겸허 이전에 자만이 먼저 싹을 틔우면
그 사람은 나무가 될 수 없어요.
그저 잠깐 한때 꽃 피웠다 시드는
그런 정도에서 그치겠지요.

추한 기억은
역한 냄새를 지니고 있습니다.
묘한 냄새가 나죠.
그런데 그 냄새가 이상한 게
처음엔 역하다가도
자꾸 들추고 생각하다 보면
어느새 익숙해집니다.
'위험한 익숙'이에요.
......
바로 제어를 해야 합니다.
역한 냄새가 나는 곳은
얼른 피해 가는 것처럼요.
추한 기억은 생각을 오염시키고
생각은 행동을 오염시키게 되니까요.

함께 할 가족이 생기기 전까진
천장의 높이와 색깔, 무늬 등이 각각 다른 곳에서
눈을 떠보는 것도 나쁘지 않다고 생각합니다.
때로는 자연 속의 천장까지 포함해서요.
저의 경우, 이러한 경험들이
지금의 저를 만들었고
지금의 이 일을 할 수 있게 된
계기가 아니었나 느끼고 있거든요.
......
하지만 곡해는 말아주세요.
필름이 끊긴 채
거리에 쓰러져 잠들어보는 경험까지도
괜찮다고 말하는 건 아니니까요.

하루하루가 단위인 사람은
아직은 할만한 사람입니다.
정말 절박한 사람은
들숨과 날숨 단위로
생명을 부지하고 있는 사람이지요.
한 번의 숨마다 인식해야 하고
생각을 해야 하는
그런 절박한 상황이 아니라면
아직은 할만하다고 봅니다.

점프를 하면 세상을 다른 각도로 바라볼 수 있어서 좋아요.
어릴 적엔 하루에도 몇 번씩 다른 각도로 세상을 바라보잖아요?
철봉에 거꾸로 매달리기도 하고,
풀밭에 드러누워 흘러가는 구름을 바라보기도 하고,
물구나무를 서거나 옆으로 구르면서 보기도 하죠.
하지만 어른이 되면서부터는 늘 일정한 각도로만
세상을 바라봤던 것 같아요.

……

시선이 고정되면 사고도 고정되죠.
싫었어요. 그렇게 하루하루 시간이 흐르는 것이…
그래서 시작했죠.
처음엔 두렵고 무섭지만 신기한 게 뭔 줄 아세요?
우리 몸은 다 기억하고 있어요. 어렸을 때의 그 설렘을요.
그 설렘을 다시 만나는 순간 두려움은 사라져요.
다시 아이가 되는 거죠.
와아아아아~~~
이렇게요!

언어에는 힘이 있습니다.
지도와 같은 역할을 하죠.
당신은 물론 대화를 나누는 사람까지도 함께 안내하죠,
대화가 피어나는 어떤 곳으로.
그러니 단어 하나도 선별해서 말하는 것이 중요합니다.
별것 아닌 것 같아도 영향을 미치거든요.
......
가끔 추악한 의미가 포함된 단어들을 내뱉으며
대화를 하는 이들을 보면 참 안 됐다는 생각이 들어요.
말이란, 절대 말로 끝나지 않습니다.
뱉는 순간 사라지지는 것이 아니에요.
씨앗처럼 어딘가에 떨어져 싹을 틔우죠.
......
좋은 기운을 지닌 말에는 향기로운 꽃이 피어나
그 사람을 향기롭게 하지만
너더운 기분을 지닌 말에는 역한 냄새와 그 냄새를
좋아하는 더 역한 것들을 불러 모으는 힘이 있어요.
한 마디 한 마디 생각하면서
말하는 것이 좋아요, 마음을 담아서.
처음엔 힘들지 몰라도 곧 익숙해질 겁니다.
익숙해졌다 싶은 순간부터 아마 그 삶은
이전의 길과는 다른 길로 인도되고 있을 거예요.

역경은 상대적입니다.
누군가에게는 역경일 수 있고
누군가에게는 일상일 수 있지요.
극복할 수 없는 역경은 그 사람 앞에 나타나지 않습니다.
......
역경은 한편으론 기회입니다.
'이봐! 날 딛고 지나가 봐! 그럼 그 앞에 네 꿈이 있을 거야!'
그러니 역경에 감사하는 마음을 가져보는 건 어떨까요?
역경이 나타났다는 것은 자신을 더 업그레이드할 수 있는
기회가 제 발로 온 것이니까.
힘들고 괴롭더라도 피하지 마세요.
극복하고 굴복시키세요.
역경은 그러라고 찾아오는 거니까요.

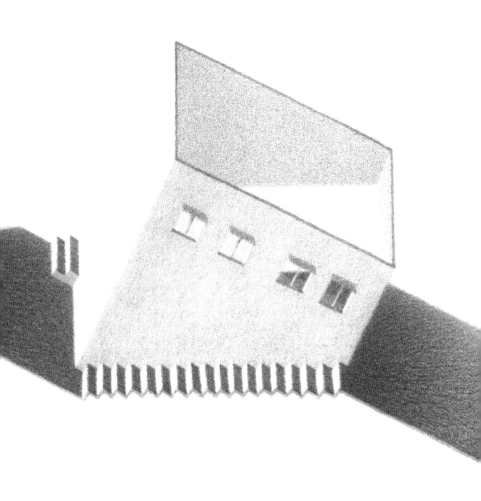

단정을 짓는다는 것은
도움을 주기보다는
불필요한 화를 자초하는 경우가 많습니다.
단정을 짓고서라도
그 순간을 헤쳐나가야겠다는 마음은
십분 이해되지만, 결국엔 손해를 보는 경우가 많아요.
봄이 오면 결국 언 땅을 뚫고
새로운 싹이 나오기 마련이에요.
마찬가지입니다.
더 좋은 솔루션은 어떤 상황에서도
반드시 존재하니까
섣불리 단정 짓지 말고 조금 더 생각해보세요.

인간의 가치는
그 사람이 뿜어내는
그 사람만의 기품이라고 생각합니다.
기품은 돈이나 명품에 좌우되지 않아요.
......
기품은
자연을 존중하는 태도,
인간에 대한 따뜻한 마음,
신의 사랑에 대한 깊은 감사
이 세 가지로
시작되고 깊어지는 게 아닐까 합니다.

꿈처럼 살고 싶다면
꿈에 대한 인식이 먼저입니다.
자신의 꿈이 뭔지 늘 인지하며 살아야죠.
그렇지 않으면 그 순간이 와도 지나치게 됩니다.
이건 그냥 꿈일 거야
하며 말이죠.

시간이 지남에 따라
빈티지가 되느냐 폐품이 되느냐의 차이는
그 시간의 영향력이 현재까지
미치고 있는가, 아닌가에 달려있겠죠.
……
우리들의 시간도 그렇습니다.
지난 시간이 폐기되지 않고
빈티지 같은 시간이 되기 위해서는
최대한 많은 순간의 접점에서
최대한 많은 경험을 해야 합니다.

소유보다 습득하자!
어떤 사건을 기점으로 이렇게 생각을 바꿨어요.
소유가 넘치니까 그걸 탐하는 사람들이
주위에 넘쳐나더라고요.
다들 위장술의 대가예요.
어느 순간 '쾅' 하고
머리를 맞은 기분이 들더라고요.
소유는 타인에게도 보이는 것이지만,
습득은 나만의 것이잖아요.
나 자신이 내색을 안 하면 드러나지도 않아요.
이거다 싶었습니다.
그래서 이제는 소유보다
더 많이 습득하려고 열을 올리고 있죠.
……
뭐라고 해야 할까요.
몸이 완전히 가벼워져서 어디든지 갈 수 있고
뭐든지 다 할 수 있을 것 같은 기분?
그런 기분이 들어요.

조금은 이상하게 들릴지 모르겠지만
그런 분들이 있어요.
소수이기는 하지만,
호기심으로 눈빛이 반짝이는 분들이요.
……

보이지 않는 저 너머에 대한 호기심이겠죠.
마치 소년들이 초록색 수풀들을 헤치며
나무 칼을 손에 들고 달려나가는
뒷모습 같기도 한…
주로 노년의 소년들이
그런 눈빛으로 생을 마감하셨던 것 같아요.
……

그런 분들을 떠나보낸 밤은
이상하게도 우울하거나 슬프지가 않아요.
오히려 남은 내 삶을 돌아보게 되고,
너 사랑하고 싶은 마음이 생겨요.

글쎄요…
저는 가슴의 두근거림이
일시적인 설렘인지
아니면 내가 걸어가야 할 길인지
분간이 잘 안 갈 때는
폭우까진 아니더라도
일부러 비관의 비를 맞혀봐요.
몇 주씩 외면의 잠에 들기도 하고요.
그렇게 시간이 지나도
가슴이 뛰어서 도저히 안 되겠다 싶으면
다시 찬찬히 둘러봅니다.
아직도 뛰고 있는지,
아직도 불씨가 살아 있는지 말이죠.
그때쯤이면 답이 나오더라고요.
이 길이 이내 사라질 길인지
아니면
이 길이 내가 걸어갈 길인지
말이지요.

제가 생각하는
진정한 부자들이란
인간의 밀도가 지극히 낮은 곳에서도
익숙하게 생활해본 경험이
많은 자들이 아닐까 합니다.

오르기도 하고
내리기도 하며
해변으로 천천히 전진하니까
파도라 할 수 있겠죠.
만약 그 파도,
바다 한가운데에서
혼자 도취했다,
혼자 한탄했다
오르락내리락 하고 있으면
얼마나 웃기겠어요.

생각만 하면서 하루하루를 소비하는 삶과
생각을 하면서 하루하루를 준비하는 삶.
이 차이가 제2막의
퀄리티를 결정할 겁니다.

꿈이라는 주자는
최선을 다해 자신에게 달려오는 자를
가만히 자리에 서서
맞이하는 법이 없습니다.
자신에게 꿈의 바통을 전달하기 위해
모든 힘을 다해 달려오던 사람이
설령 넘어지고 뒤처진다 하더라도
포기만 않는다면,
꿈이라는 주자는
그자를 맞이하고
그자를 일으키려
그자 곁으로 달려가는 자랍니다.

수백, 수천 년 전 사상이나 철학이
현재까지 지대한 영향을 미친다면
그것들이 본질에 깊숙이 닿아 있어서가 아닐까요?
본질에 깊이 닿고 싶다면,
먼저 본질로의 접근을 방해하는 것에서 멀어져야 합니다.
……
외부적으로는 인간이 만든 수많은 현란한 물질들일 테고
내부적으로는 인간이 만물보다 우월하다고 여기는 망상이겠지요.
본질에 닿고 싶다면 그 유혹에서
탈출하는 것이 먼저일지도 모릅니다.

일을 하다 보면 생각 이상으로 좋은 곳에서 연락이 올 때가 있어요.
때로는 선택권이 양손에 하나씩 쥐어지기도 하죠.
그럴 때 괜한 걱정과 두려움에 뒤로 물러서거나
지나친 겸손을 취하는 것은 득이 되지 않을 때가 많습니다.
......
초심만 잃지 않으면 돼요.
치열함의 차이일 뿐 근본은 같습니다.
현재 자신에게 좀 버겁게 느껴진다고 지레 겁먹은 채
한 단계 아래의 선택을 할 필요는 없다는 거죠.
......
설령 거센 물살에 휩쓸려 떠내려간다 해도
그 시간은 또 다른 여정에 피가 되고 살이 될 테니
조금은 버거운 쪽으로 도전하라고 말씀드리고 싶네요.

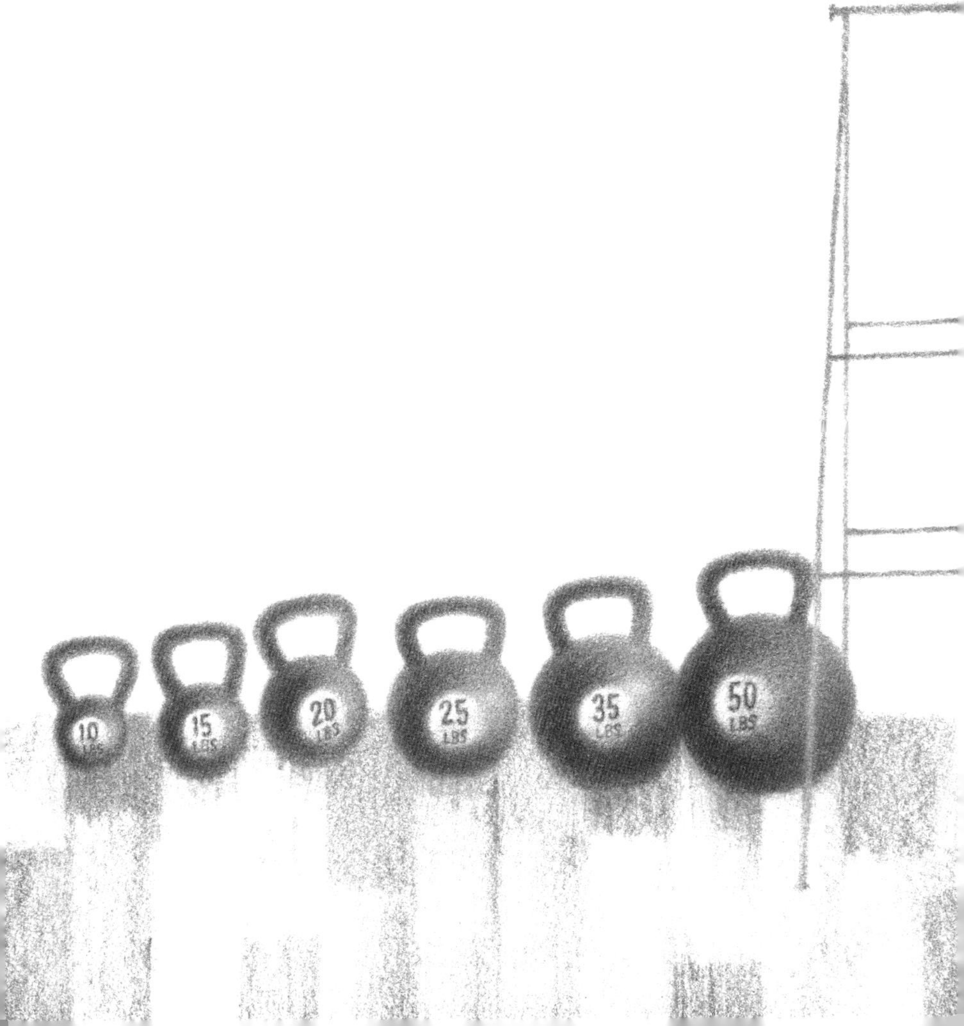
10 LBS
15 LBS
20 LBS
25 LBS
35 LBS
50 LBS

진심 어린 가족의 지지를
확보하지 못한 채
대중의 지지를 받겠다는 사람은
그 일을 그만두어야 한다고 생각합니다.
이 우주에서 가장 소중한 존재와 가치를 모르는 사람이
어떻게 만인의 마음에 감동을 줄 수 있겠어요.
가족의 슬픔과 희생 위에서 구축된 명성은
오르려 할수록 내려가게 되는 사다리와 같은 것입니다.

재기의 시작은
내부로부터의 재건이 먼저여야 합니다.
치밀한 내적 재건 없이
덥석 외부의 손부터 잡고 일어서려 한다면
이내 다시 주저앉을 수밖에 없기 때문이죠.
……
상황에 대한 철저한 복기와 각인
그리고 자신에 대한 믿음의 확립이
재건의 핵심입니다.

관찰이란 건
원재료와 같다는 생각을 해요.
요리도 재료가 좋으면
별다른 가공 없이도 맛있잖아요?
관찰도 그런 것 같아요.
집요한 관찰 속에
이미 어느 정도의 보장과
답이 있는 경우가 많죠.

저는 결정을 내릴 땐 머릿속으로 저울 하나를 떠올립니다.

비용에 대한 저울이죠.

그리고 현재 갈등 중인 문제 하나를 왼쪽에 올려둡니다.

비용을 측정하죠.

그런 다음, 오른쪽엔 왼쪽의 비용을 아끼려다 발생할 수 있는
비용을 대략 산출해서 올려놓습니다.

그러면 대부분의 경우 어느 쪽을 선택하는 것이
나에게 이득일지가 분명해집니다.

그리곤 선택을 하죠.

결국엔 둘 중 하나의 문제니까요.

누구나 익숙함을 선호하죠.
하지만 삶의 모든 면에서
익숙함만을 선호한다면
그건 너무 지엽적인 삶일 것입니다.
......
중요한 것은 마음가짐이에요.
새로운 것이 나타났을 때
두려워 말고 무조건 경험해 본다!
이런 규칙을 정하고 실행하다 보면
그 자체에 또 익숙해지거든요.

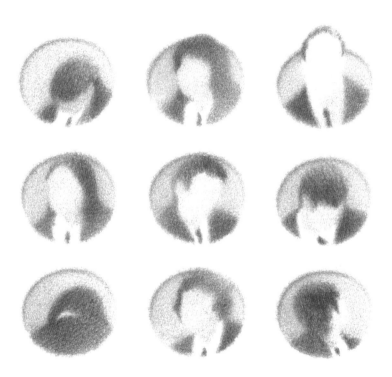

지금 이 세상에서
가장 슬픈 삶은,
삶의 모든 가치가
사랑이 아닌
생존에 있는
삶이겠지요.

강하게 앞으로 나아가고 싶다면
강하게 뒤로 당겨져야 합니다.
새총 같은 것이지요.
역경의 뒷 시간이 없으면
희열의 앞 시간은 있을 수가 없어요.
설령 있다 하더라도
그 시간은
짧습니다.

전기료를 아끼려면
불필요하게 켜진 전등을
꺼야 하는 것처럼,
건강한 삶을 위해서는
불필요하게 쓰고 있는 신경들을
하나씩 끄며 사는 것이 좋습니다.
······
불필요한 곳에 신경을 끄면
그 에너지들이 모이게 되고
그 에너지들이 바로
내일의 문을 열 수 있는
키가 되니까요.

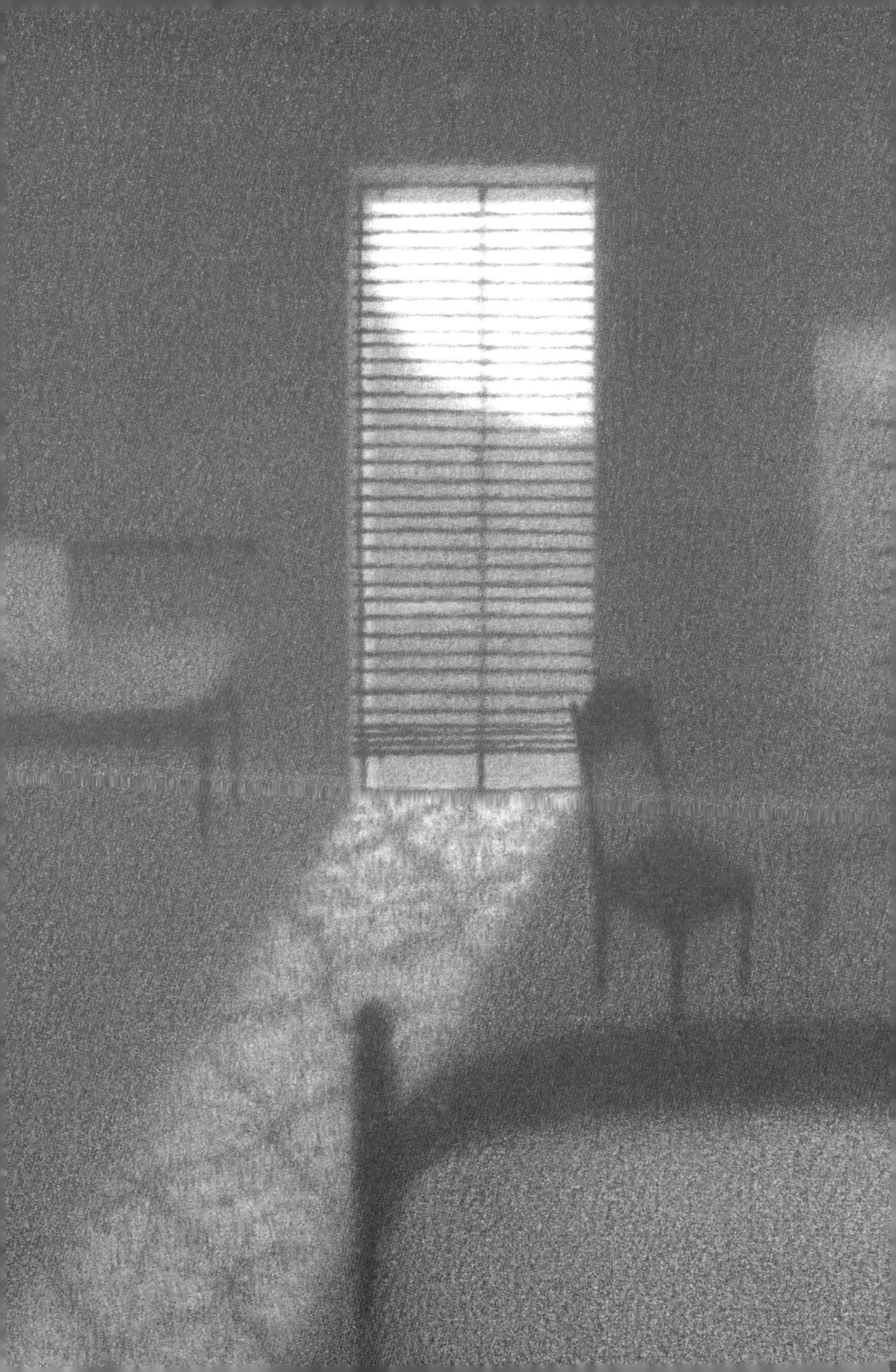

결국
가장 빠른 지름길은
正道더군요.

암흑기를 건너내는 방법은
어렵게 생각하면 한없이 어렵고
간단하게 생각하면 한없이 간단합니다.
……

극복하기 위해 굳이 너무 애쓰지 마세요.
괜히 뜬눈으로 암흑과 대치하지 않아도 됩니다.
이럴 때는 그냥 푹 주무세요.
"에라 모르겠다!" 하는 넉살도 필요합니다.
아침은 또 오니까요.
어차피 올 아침인데 밤새 고민하고
괴로워하기만 하면 몸만 더 축날 뿐이죠.
지금 암흑기 중에 계시다면 기억하세요.
중요한 것은 반드시 찾아올 아침을
어떤 컨디션으로 맞이하느냐입니다.

이성적 결정을 완성하는 것은
본능적 비전일지도 모릅니다.
특히 결정의 무게가 위로 올라갈수록 그렇습니다.
......
타고난 배포도 필요하지만 분명한 것은
많은 선택과 경험을 해 봐야 한다는 것이죠.
본능의 날이 이성의 결정을 돕는 데 활용되기 위해서는
수많은 시행착오의 길을 걷든지
아니면 그런 길을 수없이 걸어온 멘토를
잘 만나는 것 또한 한 방편이겠지요.

많은 사람을 접해본 사람들은 누군가를 볼 때
대부분 가장 먼저 눈을 봅니다.
깊은 눈빛은 머리로 꾸며내기 힘들거든요.
그것은, 그가 바라본 풍경과 생각들의 합이기 때문입니다.
지금 만약 자신의 눈이 탁하다면
가만히 눈을 감고 생각해보세요.
내가 요즘 가장 많이 바라보는 것은 무엇인지,
요즘 내가 가장 많이 하는 생각은 무엇인지.

식탁을 예로 들어볼까요?
이 위에 있는 것들을 한번 보세요.
소금, 후추, 테이블보, 냅킨, 포크와 나이프, 접시 그리고 꽃과 초.
여기에는 필요한 사물들만 있잖아요?
지금 당신이 속한 곳에서의 역할도 마찬가지입니다.
대체 불가능한 사람이 되어야 합니다.
어떤 역할이든 본인만이 할 수 있는 일을 할 수 있어야
테이블이라는 조직에서 밀려나지 않는 거죠.

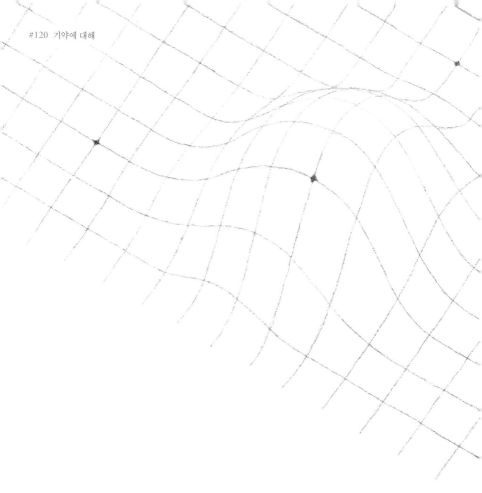

어떻게든 살아남아
다음을 기약할 수만 있다면
반드시 다시 시작할 수 있다고
생각합니다.

회복의 속도가
마모의 속도를
따라가지 못할 때가
헤어져야 할 때겠죠.
그게 일이든
사랑이든.

새롭고 놀라운 경험도
일종의 바이러스가 아닌가 합니다.
그러한 순간들은 우연한 기회에
우리의 삶과 만나게 되고
각인이 된 후, 몸 어딘가에
자리를 잡고 잠복하게 되죠.
물론 모든 경험이 다 발병,
발병이라는 표현은 좀 이상하네요.
아무튼, 모든 경험이 다 발병하는 것은 아니지만
새롭고 놀라운 경험들은 대부분
앞으로 있을 삶에 영향을 미친다고 생각합니다.
일종의 좌표 같다고나 할까요?
그런 경험의 순간들이 하나하나 모여
우리를 최종 목적지로 인도하는 거지요.

가장 높은 곳에 이르는 길은
가장 낮은 곳에 있습니다.
그 외의 길은 다 거짓된 길입니다.

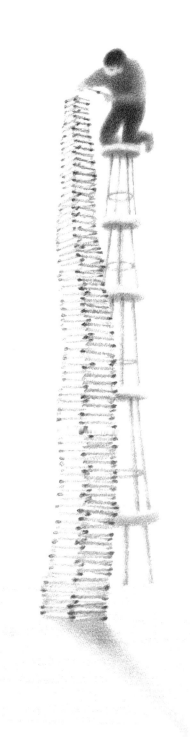

본질의
빛을 따라

사람과의 관계에서도
온도가 중요하죠.
차가운 빵보다는
따뜻한 빵에
버터가 더
잘 스며드는 것처럼…

직업을 갖는 데 있어 가장 중요한 요소는
지속적인 희열이라고 생각합니다.
일이 반복되어도 지겹지 않고
오히려 즐겁고 감사해서
얼른 이 밤이 지나가길 바라는 마음마저 드는.
그게 바로 당신이 평생의 직업으로
삼아도 좋은 일이 아닐까 합니다.

점점 학벌이나 지연보다는
그 사람만의 순수한 열정을 알아채고
같이 일해보자 손 내미는 사람들이
조금씩 늘고 있는 것 같아요.
......
시간이 지날수록 그런 오너는
더 늘어날 거예요.
그러니 그때를 대비해
즐거운 방랑을 자주 떠나보는 것도
나쁘지 않다고 생각해요.
......
방랑을 많이 다녀본 사람들은 바로 알죠.
문을 열고 면접 의자에 앉기까지
그 몇 초면 이미
어떤 기운과 열정을 가지고 있는 사람인지
대부분 파악되거든요.

난관에 봉착했을 땐
선배들의 조언을 구하러 가곤 합니다.
큰 문제일수록 큰선배에게 가죠.
업계를 떠난 지 오래되었어도
그들의 조언은 대부분 정확합니다.
옳은 길을 제시해주죠.
……
이 부분에 대해 생각을 많이 해봤어요.
왜 그럴까? 하고 말이죠.
혹시 등산 좋아하세요?
꼭 등산이 아니더라도
높은 곳에 올라서서 아래를 보면 길이 보이잖아요?
그런 것과 비슷한 게 아닐까 합니다.
밑에서는 보이지 않지만 올라서면 보이는.
선배들은 이미 그 높이에 올라본 경험이 많으니까요.
그래서 현재 위치에서는 보이지 않는 길을
제시해주는 것이 아닐까 합니다.

변화에 둔감하면 도태되는 것이
이 업계의 생태죠.
하지만 여전히 막강한 위력을 떨치며
진두지휘하는 이들을 보면
그들은 단순히 일의 변화에만 민감해 하지 않아요.
계절의 변화
자연의 변화 그리고
가족들의 변화에도 민감합니다.
그들은 그런 변화를 절대 놓치며 살지 않아요.
그 순간이 주는 가치에 감사하고
최대한 만끽하며 살아갑니다.
......
결국, 변화의 시작은
변하지 않는 가치에서 시작되는 것이니까요.

사회생활을 하는 사람들은
세 가지의 부류가 있다고 생각합니다.
늘 쫓아가야 하는 사람.
함께 걸어갈 수 있는 사람.
뒤처져서 도와줘야 하는 사람.
긴 시간을 놓고 봤을 때
정말 좋은 선배나 동료는
이 세 가지가 적절히 섞인 사람이 아닐까 합니다.
……

인간이니까요.
언제나 잘하는 모습만 보이면
오히려 함께하기 힘들어요.
때로는 경외심과 존경심이
때로는 친구 같은 친근감이
그리고 때로는 내가 도와줄 수 있는 여지가 있는 사람이구나 하는
안도감이 관계에 적절히 뒤섞여 있을 때,
오래도록 함께 걸어갈 수 있는 그런 관계가 형성되는 것입니다.

과정이냐, 결론이냐

참 치기 어린 질문이죠.

젊은 날의 저는 항상 결론이라고 답했어요.

결론이 좋지 않으면 과정이 좋았어도

그건 스스로에 대한 위안이거나

변명에 불과하다 생각했거든요.

결론적으로 이익이 없다면 존속할 이유가 없으니까요.

그러나 지금 묻는다면,

단연코 과정이라고 답하고 싶어요.

과정이 좋으면 결론이 나쁠 확률이 확 줄어들거든요.

무엇보다 과정이 중요한 이유는

과정이 즐겁지 않으면 그 순간의 시간을 다 허비한 게 되니까

또 다른 포지션에서 그 시간을 바라본다면 얼마나 아깝겠어요.

그 시간도 알고 보면 다 똑같이 소중하고 귀한

삶의 시간 인데 말 이고.

사회에서 목적을 가지고 만난 사람들에게
가장 중요한 것 중 하나는 이별하는 방법입니다.
시점은 늘 예기치 않게 찾아오니 어쩔 수 없다 하더라도
그 방법은 자신이 조절할 수 있지요.
......
이별은 처음 만날 때보다 더 중요합니다.
현명하게 이별하면 적으로 지냈던 사람조차
최소한 제로 베이스로 돌려놓을 수 있으니까요.

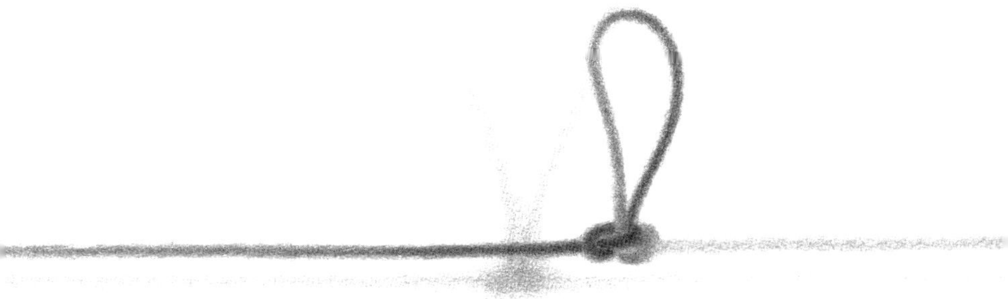

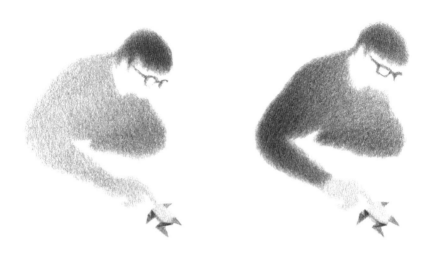

타협!
인간사에서 결코 끝나지 않을 주제죠.
하지만 한 가지 분명한 게 있습니다.
타협하지 않아도 되는 삶을 살고 싶다면
타협하며 살아야 하는 삶의 고단함을
경험해봐야 한다는 것이죠.
사회적 억압과 관계의 굴욕을 느껴본 자와
그렇지 않은 자는
출발점에 서 있는 자세만 봐도 다르거든요.

지금 같은 시대에 장소는 더 이상
성공의 절대 요인이 아닙니다.
외진 곳에 있어도 진실한 맛을 뿜어내면
사람들은 모이게 되어 있어요.
사람들은 본능적으로 전하는 것을 좋아합니다.
자신이 먼저 발견한 보물 같은 장소에 관해 이야기 하기 좋아하고
반대로 엉망진창인 곳에 대한 소문 내기도 좋아합니다.
……
장소에 너무 연연해 하거나 무리할 필요가 없어요.
그보다 더 중요한 건 본질을 놓쳐서는 안 된다는 겁니다.
그 지역에 대한 깊은 애정과 이해 그리고 정서의 반영이라는
기본 전제를 지키면서
식당이라면 맛이 있어야 하고,
가게라면 사고 싶게 만드는 물건이 많아야 하죠.
……
그러기 위해선 끊임없는 실험과 노력,
그 시간을 견딜 수 있는 의지가 필요하죠.
……
짙은 어둠 속에서도 빛을 꺼트리지만 않고 있으면
사람들은 반드시 찾아오게 되어 있습니다.
그 거리가 아무리 멀더라도 말이죠.

예전에 이런 일이 있었어요.

유명한 만화가이신 H 선생님의 작업실에서 촬영을 했었는데

스텝들도 많이 드나들고 정신이 하나도 없었죠.

그때 선생님께서 아침으로 구운 떡을 꿀에 찍어 드시며

같이 들자 권하셨어요.

사실 먹고 싶었어요. 좋은 이야깃거리도 생길 것 같았고.

그렇지만 괜한 폐를 끼치는 것 같아 즉각적으로 이렇게 답했어요.

"아닙니다. 선생님~ 저희는 신경 안 쓰셔도 됩니다."라고.

그러자 순간 선생님의 표정에 살짝 당황한 기색이 비치시며

"아니, 내가 신경 쓰여서 그래." 하시더라고요.

촬영은 잘 끝났지만 결국 그 떡을 먹지는 못했어요.

......

시간이 꽤 지났지만, 가끔 그때 일이 생각나요.

그 이후 저는 타인의 호의에 이렇게 대하기로 했습니다.

앞으로 누군가 호의를 베푼다면 일단 감사히 받고 보자.

그 호의가 내 입맛에 맞든 안 맞든, 내게 필요하든 안 하든.

절대로 상대를 무안하게 하지 말자.

영감은 자신이 경험한 것들에 비례해 만나게 됩니다.
뇌 속을 저장 공간이 넓은 미로로 생각해보세요.
그곳에 각종 경험을 풀어 놓는 거죠.
언제, 무엇을 넣었는지
기억이 나지 않아도 상관은 없습니다.
다양한 경험을 하는 게 중요하니까요.
그리곤 그 속을 어슬렁어슬렁 걸어 다니는 거죠.
그렇게 걷다 보면 어느 코너를 돌았을 때
딱 만나게 되는 거죠.
전 그 순간을 정말 사랑해요.
경험이 영감의 스파크로 변해
나에게 다가오는 그 순간을 말이죠.

어쩌면 배신이란
스스로가 필요 이상으로
뒤로 젖힌 의자와 같은 것인지도 모릅니다.
필요 이상 뒤로 젖혔으니 의자가 넘어가고
필요 이상 믿었으니 분노가 배가 되어 미치는 것이겠죠.
그러니 혹 누군가에게 배신을 당했다면
배신에 치를 떨며 그 대상을 향한 복수만을 다짐하지 말고
먼저 배신이란 물성적 속성을 냉정하게 생각해봐야 합니다.
……
배신이란 태생적이며 물성적 속성입니다.
그러니 그런 관계가 후에 또다시 생긴다면
그때는 감성적 속성과 물성적 속성 사이에서
적절한 각도와 거리 그리고 균형을 잘 유지해보세요.
그럼 배신을 당하는 일이 확연히 줄어들 것입니다.

살면서
권력과 진실이 동시에 손을 내미는 순간이 온다면
일말의 망설임 없이 진실의 손을 잡아야 합니다.
권력의 손은 지금은 이익인 듯 보여도
이내 추악한 골짜기로 그 사람의 등을 떠밀어 버릴 손이지만
진실의 손은 지금은 손해인 듯 보여도
안도와 자유의 초원으로 그 사람을 인도할 손이기 때문입니다.

이용가치만 따져서 관리하는 인맥은
다 끊기기 마련입니다.
만남, 그 자체를 즐기는 게 중요해요.
별일이 없더라도
아~ 그 사람 보고 싶네.
뭐 하고 있을까?
전화 한번 해볼까?
이런 존재가 되어야 합니다.
그러기 위해 가장 중요한 건
편안함과 동질성입니다.
……

인연이란 긴 여행의 동행과 같은 건데
자꾸 계산하게 되고,
자신의 이익만 추구하는 게 보이게 되고,
수구아는 빙항이 디그먼
어떻게 같이 걸어갈 수 있겠어요?
중요한 것은
만남 그 자체를 즐기려는 마음입니다.

타인과의 관계에 대해선 이래라저래라 하고 싶지 않아요.
하지만 자신에겐 좀 더 즉흥적이어도 괜찮지 않을까 합니다.
너무 이성적으로만 모든 것을 판단하고 결정하면
그 길에 자신은 없게 되니까요.
다져진 길을 가면 편하긴 하겠지만 이미 누가 다 본 것들,
이미 누가 다 꺾어가고 남은 길을 가는 거잖아요.
그 인생에 재미가 있을까요?
즉흥이 빠지면 무슨 재미가 있겠어요?
그러니 자신의 즉흥적 판단이나 결정에 대해
세간의 시선으로 자신을 평가하지 않았으면 좋겠습니다.
즉흥이 이끄는 길을 너무 무시하지 마세요.
그 길에 당신의 목적과 꿈과 흥이 있을 테니까요.

내면은 외면보다 복잡합니다.
파악하기도 어렵고
물리적 수고도 따르지요.
하지만
내면에는 외면보다 더 많은 기회가 있습니다.
그리고 더 빠른 지름길과 더 큰 성취감이 있지요.
현재 무언가를 도모하고 계신다면
포화한 외면의 길로 들어서기보다는
그래도 아직은 기회가 많은
내면을 공략하는 것이 어떨까 합니다.
사람이든.
물건이든.
사업이든.

성공의 기준을 높이에서 넓이로 바꿔보세요.
좋은 빌딩, 좋은 직장에서 높이 오르는 것보다
자신의 두 발로 세상을 더 넓게 다녀보라는 뜻이지요.
밑이 넓고 단단하지 못하면
위로 갈수록 흔들리고 불안해지는 것과 같은 이치입니다.
남들 다 올라갈 때 난 지금 무엇을 하고 있나,
조급한 마음으로 높이 경쟁에 동참할 필요는 없습니다.
결국 높이란 넓이가 보장돼야 하는 거니까요.

만인의 열광에는 이유가 있습니다.
그래서 저는 어떤 이가 만인의 밖에 있다면,
너무 외면하지만 말고 한 번쯤은 꼭
그 안으로 들어가 보라고 권합니다.
그러다 보면 다는 아니더라도
새로운 열광들이
삶을 더 즐겁고 재미있게 만들어 주기 때문입니다.
······
더 멋진 건
그 열광에 나이는 전혀 상관이 없다는 것입니다.
나이가 적든,
나이가 많든
아무런 상관이 없어요.

자신의 이익을 위해
타인에게 상처 주기를 서슴지 않는 자는
자신의 악행으로
결국 자연 발화되는 법입니다.

협상을 할 때 주도권은
누가, 얼마나 상대방에 대해
많이 알고 있느냐에 좌우됩니다.
상대방과 그 상대방의 상황에 대한 정보 없이
딜을 한다는 건 사자의 관용을 바라는
토끼와 같은 신세가 될 뿐이에요.
딜의 핵심은 정보고
정보의 핵심은 이익의 교환입니다.
간단하지만 파워풀하죠.

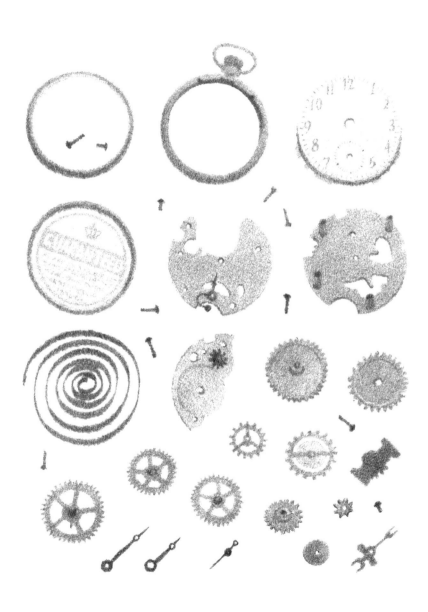

저희 일에선 종종 이런 말들이 많이 오갑니다.
대세에 지장 없으니 그냥 가자!
저는 이 말을 굉장히 싫어해요.
그런 사소함의 합에
클라이언트는 막대한 비용을 지불하는데
대세에 지장 없으니 그냥 넘어가자는 것은
말이 안 되죠.
디테일 피고 가요 디테일이 합입니다
설령 대다수가 인식하지 못한다 하더라도
사소하고 꼼꼼한 것들의 차이가
프로와 아마추어를 구분 짓는 중요한 요소가 되죠.

스티브 잡스가 이런 말을 했죠.

창조란 모든 것을 연결하는 것이라고.

저는 그 말에 동의합니다.

그럼 연결을 하려면 어떡해야 할까요?

그 연결을 통한 창조가 어떤 창조가 될 때

세상에 큰 울림을 줄 수 있을까요?

……

연결은 연결되는 두 세계가 상이할수록 힘이 생깁니다.

협소한 연결로는 협소한 창조가 나오게 되지만

각각 다른 관점을 가진 두 점이 연결되게 되면

이제껏 없던 새로운 개념의 창조물이 나오게 됩니다.

상식과 파괴와의 연결.

문화와 문명 간의 연결.

대륙과 대륙 간의 연결.

지구와 우주와의 연결.

세상은 그럴 때 열광하는 것이지요.

모든 경우에 수에 대해
대비하는 자들이 프로입니다.
180° 가지고는 부족합니다.
돌발변수가 생길 거라는 것까지 예측해서
360°를 추구하는 자들이 진짜 프로죠.
그런데 더 무서운 게 뭔 줄 아세요?
......
그들은 그게 생활화되어 있다는 거예요.

직장에서든
사회에서든
모든 관계에서든
사람들이 모이는 사람에게는
산과 같은 성품이 있습니다.
늘 그 자리에서 사람들을 품어주죠.
그리고 어떤 마음으로 찾아오든
아무 말 하지 않고 다 들어줍니다.
그러면서도 자기 계발은 소홀히 하지 않아
철마다 옷도 갈아입지요.
확실히 의지하고픈 리더들은
산을 닮은 것 같아요.

우리와 조인을 희망하는 이들의 포트폴리오를 볼 때
가장 집중해서 보는 부분은
매일매일 어떻게 전진하고 있느냐입니다.
자신만의 묵묵한 걸음이 어필되는 포트폴리오를 좋아합니다.
그렇지만 과하게 현란한 경우가 많아요.
조미료를 많이 친 맛이랄까요?
……
그들에게 해주고 싶은 말은
세공에만 너무 신경 쓰지 말라는 것입니다.
원석으로서의 가치를 높이는 일에
더 많은 신경을 써야 합니다.
포트폴리오도 마찬가지예요.

개인이든 조직이든
와해의 시작은
외부에서의 새로운 주입 없이
그저 감으로만
모든 걸 처리하려 할 때입니다.
시대의 흐름과 그 반영으로 인한
기류의 형성에는 둔감하면서
과거의 경험에만 의존해
모든 걸 결정하고자 한다면
그때부터 그 개인이나 조직은
붕괴되기 시작하는 거죠.

제품에는 그 제품만의 세계관이 담겨 있어야 합니다.

사용했을 때 소비자가 느낄 수 있고 얻을 수 있는,

새로운 세계관이 부재하다면 그것은 사랑받기 힘들 거예요.

......

일종의 여행 같은 거죠. 여행을 떠나는 이유가 뭘까요?

반복되는 일상이 지겨우니까 새로운 경험과 충전을 위해 떠나는 것 아닐까요?

제품도 그래야 합니다.

제품을 쓰거나 먹는 동안

소비자는 마치 새로운 곳으로 여행을 떠나는 느낌을 받을 수 있어야 하고

그렇게 떠난 여행에서 몰랐던 자유와 희열의 베네핏을 얻을 수 있어야 합니다.

일상적인 대응으로는 앞으로 소비자의 사랑을 받을 수 없다는 말이지요.

그만의 세계관.

그것은 제품뿐만 아니라 사람과 사람의 관계에서도

중요한 것이라고 생각합니다.

프로와 아마추어의 차이는
성공에 있는 것이 아니라
실패에 있지 않나 합니다.
프로는 그 일에 대한
경험의 층이 두꺼운 사람들이니까,
얼마나 많은 실패를 해봤을까요.
……
실패에 대해 굳은살이 박어 있죠.
하지만 절대 잊지 않아요.
아주 세세한 부분까지 다 기억하죠.
이 차이가 프로와 아마추어의
차이가 아닐까 합니다.

많은 이들이 반대했던 독단적 결정이
결론적으로는 '올바른 선택이었다'가 되기 위해서는
그 결정이 이미
가본 길이어야 합니다.
그것도 수차례나 말이죠.
그것이 리더의 무게이고
그것이 리더의 자질인 거죠.

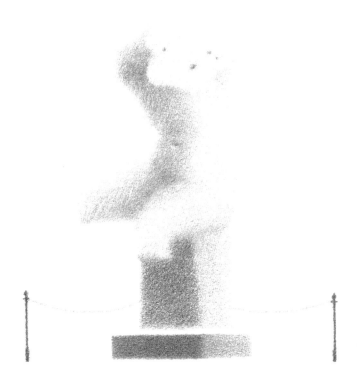

예전에 들었던 어떤 말이 생각나네요.
스티브란 사람에게 들은 건데
마이클 조던에 대한 이야기예요.
마이클 조던과 만나 이야기를 나눈 사람들은
종종 이런 말을 했다더군요.
네? 그가 흑인이었나요?
저는 전혀 의식하지 못했어요! 라고…
그게 사실인지 아닌지 모르겠지만 어떤 마음으로
그 사람들이 그렇게 말했는지는 짐작이 가더군요.
……
인종차별적인 발언으로는 생각되지 않았어요.
중요한 건 외모나 피부, 걸친 옷보다
그 사람이 뿜어내는 열정의 아우라라는 거죠.

구현의 핵심은 함께입니다.
퍼스트 아이디어가 본인에게서 나왔다고
본인의 생각만을 강요하면
적들만 잔뜩 생길 뿐입니다.
구현의 퀄리티도 점점 떨어지죠.
퍼스트 아이디어라는 아이를
어떤 인격체로 키워나갈 것인가와
핵심은 언제나 함께라는 것을
잊지 않는 것이 중요합니다.

쉬어야 할 때를 정확히 알기 위해선
무엇보다 자신과의 대화가 중요합니다.
……
만약 그런 여건조차 주어지지 않는다면
스스로에게 질문을 던져보세요.
지금의 이 일이 오로지
내부에서부터 길어온 연료에만 의존해
버티고 있는 건 아닌지.
그렇다면 그건 버티는 삶이죠.
소진의 삶!
표면적으로 성공하고 있다고 보일지 몰라도
내면은 곪아 가는 거예요.
……
기름 게이지와 같은 거죠.
기름 게이지가 내려가고 있는데
계속 달리기만 한다면 어떻게 되겠어요.
결국 멈추게 될 겁니다. 그것도 도로 한복판에서.
일도 그렇습니다.
지금 하는 일이 극도의 소진 구간으로 접어들었다면
그때가 바로 휴직을 준비해야 할 때입니다.

아이디어를 내고 확립해 나가는 과정에 있어
제가 즐겨 사용하는 개념은 척추라는 개념입니다.
아이디어의 완성과정을 하나의 인간,
하나의 인격체로 본다면 무엇보다 척추 역할을 할 수 있는
아이디어의 확보가 중요하거든요.
전체를 관통할 수 있는 튼튼한 척추에 해당하는
핵심 아이디어가 나오면 그 이후는 근육과 신경 그리고
팔과 다리에 해당하는 실행단들을 붙이면 되기 때문입니다.
하지만 부실한 척추는 사람을 일으키지 못하죠.
아이디어도 그렇습니다.
처음엔 뭔가 스파크가 튄 것 같아도 뒤로 갈수록
그 무게와 균형을 견디지 못하고 무너져 내리죠.
……
그럴 땐 과감히 그 아이디어에서 벗어나 새로운
아이디어를 찾아야 합니다.
전체를 지탱할 수 없는 아이디어에 집착하고
논쟁의 즐거움에 빠져 그 아이디어에 오래 머물다간
모두에게 고통만 줄 뿐이니까요.

성공하려면 전력으로 질주해야 합니다.
다 아는 이야기죠.
그렇지만 현실은 어떻나요?
먹고 살아야 하니까 한발은 자신이 싫어하지만
해야 하는 일에 걸쳐놓고 있지요.
그리고선 나머지 한발로 질주를 꿈꾸니
성공할 수 있겠어요?
……
박차고 나와야 합니다.
한살이라도 어리고
한 명이라도 어깨에 짐이 덜할 때.

실패를 두려워하는 마음은 당연합니다.
하지만 그 마음은 트레이닝으로 극복할 수 있지요.
정말 위험한 마음은
실패를 망각하려는 마음입니다.
망각은 반복을 부르고
반복은 포기를 부르기 때문입니다.
......
두려움을 오기로 바꿔야 합니다.
처절하게 기억하고,
치밀하게 기록하고,
하나하나 잊지 말고 대입할 때
실패 이전보다 훨씬 더 강해진
자신을 만나게 되는 것이지요.

한번은 정말 힘들게 자수성가를 하신
어떤 대표님을 만나
이런 질문을 한 적이 있었어요.
"대표님 정도 되시면 더 좋은 전망에서
일하실 수도 있을 텐데
왜 여기서 업무를 보시는 건가요?
앞에 건물들 때문에 답답하지 않으세요?"
그랬더니 이렇게 답하시더군요.
"아뇨. 전 하나도 답답하지 않아요.
제가 보는 건 그 너머니까요."
……
제 눈엔 꽉 막힌 건물들밖에
보이지 않는데 말이죠.

#161 물에 대해

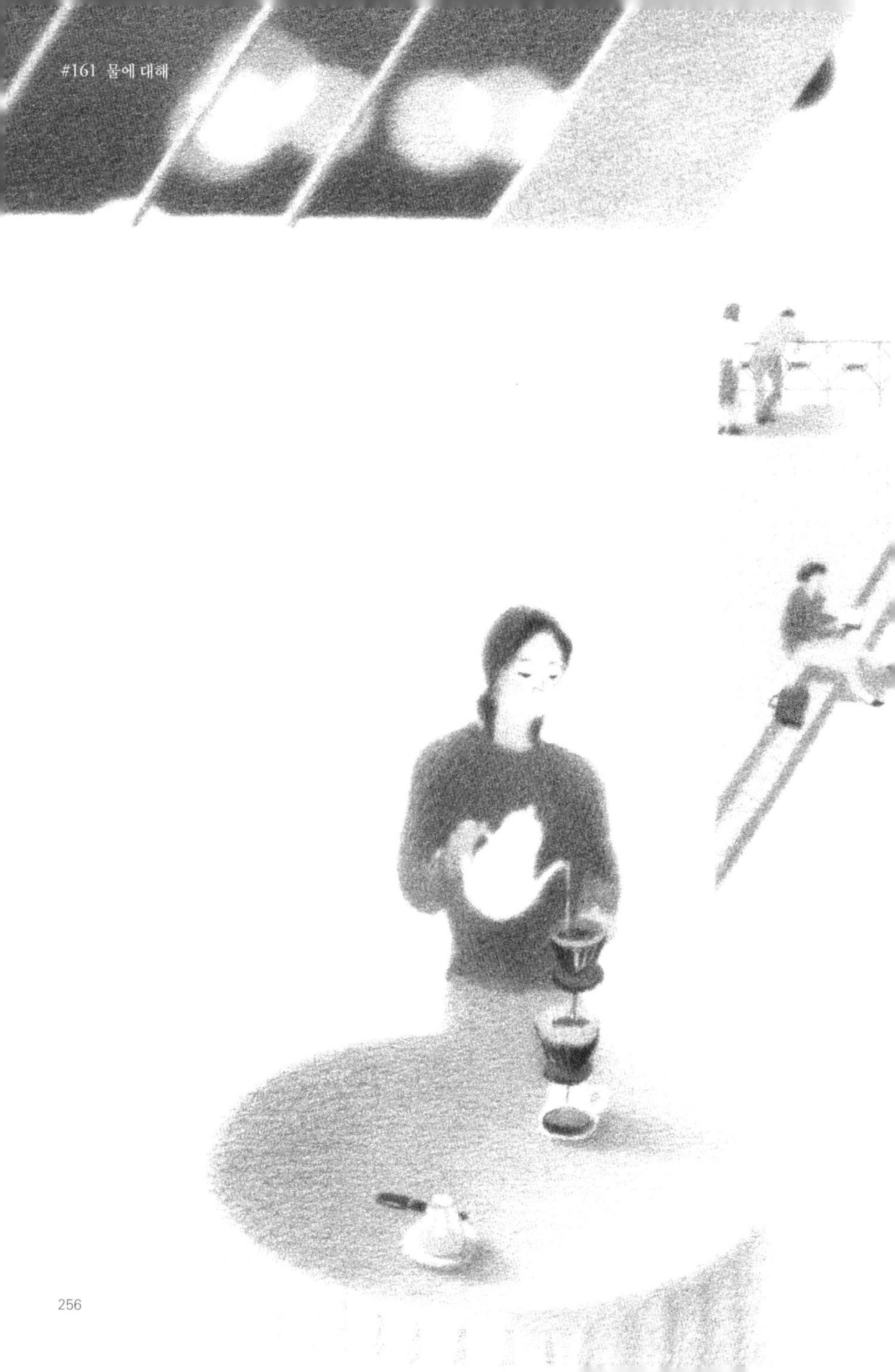

물은 생각하면 할수록 대단한 존재 같아요.
모든 생명의 근원이면서
스스로 위로 흐르려 하지 않고 밑으로만 흐르죠.
그리고 아무리 작은 틈이 있더라도
그곳으로 결국 다 내려가잖아요,
……
그런 생각이 들더군요.
경영도 이 물처럼 해야겠다.
자만하지 말고 거만하게 굴지 말고
묵묵히 감사하며 밑으로 흐르되
사람과 세상에 근원이 되는 것을 만들자.
이런 다짐을 잊지 않으려 합니다.

시간이 지나도 사랑받는 디자인에는 공통점이 있습니다.
절대 과하지 않다는 점입니다.
필요한 기능을 충실히 수행하되
나머지는 극히 단순하고 미니멀하죠.
……

사람도 마찬가지 아닐까요?
시간이 지나도 그 사람의 안부가 궁금하고
근처를 지나가게 되면 조금은 돌아가더라도 만나고 싶은
그런 사람에게는
좋은 디자인과 같은 공통점이 있어요.

남을 한 번도 초대해 본 적이 없는 사람보다
더 안타까운 사람은
초대를 받고도 그것이 초대인지 몰라
매번 지나치는 사람입니다.
초대는 사람들끼리만 하는 것이 아니에요.
지구에서 생명을 품고 살아가는 모든 것들은
끊임없이 서로를 초대하고 또
서로의 초대에 응하며 살아가죠.
그들의 초대장이 날아올 수 없는 곳에
너무 오래 있지 말고
한번 문을 열고 나가보세요.
거닐기도 하고.
눈을 감고 음미도 해보세요.
그럼 보이실 거예요.
그들이 당신에게 보이는 초대장이…

너무 칼같이 경계를 규정하며
살 필요가 없다는 걸
그 여행을 통해 깨달았어요.
사실 예전의 저는 그랬거든요.
하지만 그 여행을 통해서
경계와 경계 사이에도
수없이 많은 이유와 즐거움,
행복이 있다는 것을 알게 되었죠.

Epilogue

이 책에 실린 164가지의 대화를 다듬으며 보낸 시간은 제게 참으로 행복한 시간이었습니다. 글을 매만지며 가만히 그 순간을 회상하는 것도 즐거웠지만 무엇보다 그들의 의지와 에너지에 조금씩 바뀌어 가고 있구나 하는 느낌의 확인이 좋았기 때문입니다. 지면을 빌어 함께 대화를 나눈 모든 분들께 다시 한번 깊은 감사를 드립니다.

본문을 정리하고 이렇게 에필로그를 쓸 때면 이 책을 다 읽으신 분들은 어떤 대화가 가장 좋으셨는지, 어떤 대화에 가장 크게 공감하셨는지 참 궁금합니다. '……'으로 표기된 부분에서는 저와 비슷한 질문을 던지셨는지 혹 그렇다면 그들의 대답이 어떠셨는지 여러 면에서 말이지요.

모쪼록 책의 많은 부분에서 격려와 희망 그리고 통찰을 얻으셨기를 바라며 이렇게 또 한 권의 책으로 여러분을 만날 수 있게 도와주신 지콜론북 관계자분들과 귀한 시간을 내어 작업해주신 수명 작가님께도 존경의 마음을 전합니다.

끝으로, 하루가 다르게 커가며 나에게 큰 영감과 사랑을 주는 두 아들 지민, 지원과 언제나 곁에서 든든한 삶의 동반자가 되어주는 아내 소현 그리고 모든 생명의 근원 되시며 우리를 사랑으로 인도하시는 하나님께 이 책을 바칩니다.

박재규

Epilogue

꼭 그래야 하는 건 아닌데 그림을 그리면서부터 이상하게도 불규칙 그 이상의 불규칙한 생활이 이어졌다. 작년 가을 무렵, 이 책의 작업을 시작하면서 가장 신경이 쓰였던 부분은 그려야 할 그림의 분량이 꽤 많다는 것이었다.

꼼꼼하고 치밀하게 계획을 세울 수밖에 없었고 시간이 지날수록 계획은 세분되었다. 한 달마다 마쳐야 하는 것들, 한 주마다 해야 할 것들, 하루하루 해 두어야 하는 것들을 하면서 거의 일 년 가까이 지냈고 마감을 끝낸 지금, 생활 계획표에나 있던 시간을 다 쓸 수 있는 내공이 조금 쌓였다.

어제는 작업실에 손볼 것들이 많아 꽤 피곤한 채 잠이 들었다. 넉넉히 자고 느지막이 눈을 뜨니 아침 일곱 시가 조금 넘었다. 후다닥 세수하고 한참을 이런저런 일을 하고는 강아지와 산책하러 나가 공원 아지트 벤치에서 커피를 마셨다.

이_에 ㅣ ㅣ_ㄱ피ㅂ다 뜨거운 커피가 맛있는 계절이 다시 왔다. 집 앞 동물병원을 들러 돌아와 강아지 발을 씻기고는 못한 재활용 분리수거를 하고 책상에 앉으니 열한 시. 작년 가을, 잤다고 말해도 되나 싶게 지쳐 쓰러졌다가 억지로 겨우 눈을 떠보던 시간이다.

풍요롭게 빛나는 2017년 가을 아침에
수명

담담한 하지만 뾰족한

자신을 이해하고 타인을 사랑하는 이들과의 그림 같은 대화

초판 1쇄 인쇄 2017년 10월 10일 · 초판 1쇄 발행 2017년 10월 18일 · 글 박재규 · 그림 수명
펴낸이 이준경 · 편집이사 홍윤표 · 편집장 이찬희 · 편집 이가람 · 디자인 강혜정
마케팅 이준경 · 펴낸곳 지콜론북 · 출판등록 2011년 1월 6일 제406-2011-000003호
주소 경기도 파주시 문발로 242 파주출판도시 (주)영진미디어 · 전화 031-955-4955
팩스 031-955-4959 · 홈페이지 www.gcolon.co.kr · 트위터 @g_colon
페이스북 /gcolonbook · 인스타그램 @g_colonbook · ISBN 978-89-98656-69-0 03810
값 15,000원

이 도서의 국립중앙도서관 출판예정도서목록(CIP)은 서지정보유통지원시스템
홈페이지(http://seoji.nl.go.kr)와 국가자료공동목록시스템(http://www.nl.go.kr/
kolisnet)에서 이용하실 수 있습니다. (CIP제어번호: CIP2017024657)

잘못된 책은 구입한 곳에서 교환해 드립니다.

지콜론북은 예술과 문화, 일상의 소통을 꿈꾸는 (주)영진미디어의 문화예술서
브랜드입니다.